La Panadería ENCANTADA

La Panadería ENCANTADA

Koo Byung-mo

TRADUCCIÓN
Minjeong Jeong
Irma Zyanya Gil Yáñez

NOS
TRA
EDICIONES

Respete el derecho de autor.
No fotocopie esta obra.

CeMPro

Centro Mexicano de Protección y Fomento
a los Derechos de Autor
Sociedad de Gestión Colectiva

La Panadería Encantada
Título original: *Wizard Bakery* (위저드 베이커리)
Koo Byung-mo

Primera edición en español: Producciones Sin Sentido Común, 2015

D. R.   © 2015, Producciones Sin Sentido Común, S. A. de C. V.
        Avenida Revolución 1181, piso 7,
        colonia Merced Gómez,
        03930, México, D. F.

Texto © Koo Byung-mo
Traducción © Minjeong Jeong e Irma Zyanya Gil Yáñez
Fotografía portada © José Luis Villaverde

Edición: Norma Alejandra López Mohedano
Corrección: Vania Mariana Rojano Medina
Diseño y formación: Sandra Ferrer Alarcón

ISBN: 978-607-8237-94-4

Impreso en México

Esta obra ha sido publicada
con el apoyo del Instituto de Traducción
de Literatura Coreana (LTI Korea).

The work is published under
the support of Literature Translation
Institute of Korea (LTI Korea).

Índice

Harto del pan

Olía a azúcar derretida a fuego lento.

Al mismo tiempo comenzaron a surgir muchas otras cosas desde el fondo de los sentidos: la elasticidad de la masa recién preparada con harina de media fuerza abundante en gluten, las burbujas de la mantequilla amarilla trazando círculos al derretirse sobre la sartén, las ondas de la suave y espesa crema batida montada sobre el café. Cada vez que me paraba frente a esa tienda, percibía el movimiento de la levadura fermentada y distinguía el olor de la mermelada de chabacano o de higo que untarían en el pan de ese día.

Estoy harto del pan.

A unos cien metros de la unidad habitacional, cerca de la parada de autobús, había una panadería abierta las veinticuatro horas. Dudo que hubiera quien a la una o dos de la madrugada, hora en que se quiere picar algo, quisiera comer un *croissant* relleno de jamón o un *bagel* con olor a hierbabuena; pero esa panadería siempre estaba dispuesta a recibir a los clientes con la luz encendida día y noche.

Detrás del aparador había una chica que parecía ser de mi edad o un poco menor. Ella era quien atendía durante el día. Tras el mostrador podía verse el taller de la panadería, donde un hombre de veintitantos o de treinta y pocos hacía panes de dulce y delicioso aroma.

Parecía que la chica no estaba por las noches y, puesto que apenas llegaba gente a esas horas, el panadero atendía a los clientes yendo y viniendo entre la caja y el taller. Como en muchos otros negocios modestos que no forman parte de una franquicia, parecía que el dueño era el mismo panadero.

Para tratarse sólo de una pequeña panadería de barrio, ahí se hacía demasiado pan. Siempre que pasaba delante de la tienda, la harina que flotaba en el aire me cosquilleaba la nariz y sentía derretirse en la punta de mi lengua los granos de azúcar. Cada tercer día, el camión de reparto llegaba y se marchaba con no pocas cajas como si se tratara de un robo.

El servicio nocturno y la producción masiva no eran lo más disparatado de aquella panadería, además de todo, su dueño estaba realmente loco. Algunas cosas que pasaron me hicieron llegar a tal conclusión. Pero no sabría decir si compartían mi opinión los otros clientes que iban a la tienda sin saber de esto.

El dueño, si no abría la boca, parecía ser un hombre modesto y con un halo de misterio, dotado de esa belleza intelectual propia de artesanos o expertos. Llevaba un gorro de papel un tanto ridículo y el pelo hasta los hombros atado en una cola de caballo. Su rostro era del color de la levadura tamizada finamente y sus gestos, perspicaces, elegantes y concisos. Se trataba de un panadero hábil que se podía ganar la vida gracias a las recomendaciones de boca en boca de la gente, y sin tener que someterse a las grandes cadenas de panaderías.

Hasta entonces yo también lo veía así; pero un día, apuntando con las pinzas, pregunté qué contenía un bollo muy raro que parecía ser uno de esos panes con cubierta dulce crocante.

—Está hecho de centeno, avena y… –respondía la chica del mostrador cuando intervino otra voz.

—Hígado seco.

Al levantar la cabeza, vi al dueño al lado de la puerta del taller detrás de la chica.

—Polvo molido de hígado seco de bebé. Lo mezclé con harina en la proporción de tres a siete.

¡Clonc! Las pinzas se deslizaron entre mis dedos y un sonido metálico rasgó el suelo. No pensaba que de verdad contuviera hígado seco, y si así fuera, no sería de bebé, sino de cerdo –y ni hablar del peculiar sabor

que tendría–. Si se trataba de una broma, era demasiado mal intencionada; si no, sería cuestión de tiempo para que corriera el rumor de que el dueño de la panadería del barrio era un hombre arisco y sin pizca de razón. Incluso podrían expulsarlo de la unidad habitacional para evitar que hiciera caer el precio de la vivienda.

La chica del mostrador le dio un codazo y le dijo que no bromeara.

Claro que era una broma. Suspiré mientras me agachaba para tomar las pinzas, y eché un vistazo a las obleas que estaban en el mostrador de al lado.

—Esas galletas están untadas con una fina capa de mierda de gorrión –dijo el dueño de la tienda al ver la dirección de mi mirada–. El jarabe que usé lo extraje por cocción de los ojos de un cuervo. Se lleva bien con los sabores dulces, amargos y ácidos, como el café de Etiopía…

—Válgame, ¿es que no quieres vender nada? –dijo la chica dándole otro codazo.

¿Por qué estaría haciéndome esas bromas sin gracia? Para ver hasta dónde llegaba, luego apunté con las pinzas hacia algo que parecía gelatina.

—Es un paquete de lenguas de tres gatos: un persa, un siamés y un abisinio.

¡Clonc! Puse violentamente las pinzas en el mostrador. La chica entró en la cocina para lavarlas mientras que el dueño de la panadería se reía, poniéndose de nuevo el gorro.

—No es broma. Lo dije en serio porque creí que un niño lo entendería.

¿A quién estaba llamando niño?

Eché un vistazo al interior de la tienda. El tapiz de cuadros rosados y amarillos entrelazados parecía limpio. Sobre la modesta pared había un calendario de diseño rústico como ésos que se reparten en los bancos o iglesias todos los años. El cristal de las puertas del mostrador, dentro del cual estaban los panes bien ordenados, se veía muy limpio y no tenía ninguna marca de manos. Y las manijas de las puertas relucían como oro bajo las luces de la tienda. En conjunto, la tienda no era muy refinada; para ser exactos era más bien humilde. Pero sus paredes no estaban cuarteadas, no salía de alguna grieta agua hedionda proveniente de quién sabe dónde ni tenía un ambiente lóbrego. Parecía ser un establecimiento higiénico. A la vista sólo era una panadería sencilla y ordenada. El dueño daba la impresión de normalidad. Por más que lo examinara, parecía estar lejos de las cosas extrañas que acababa de decir.

Tartamudeando le pedí que me recomendara algo que pudiera comer la gente normal, mientras ponía en el mostrador una bolsa de panecillos que no tenían salchicha, queso ni ningún otro ingrediente extra. Supuse que no contendrían más que harina, huevo y leche. Aunque pretendí que no me importaba, era difícil no conmocionarse al escuchar aquellos absurdos ingredientes, ya sea que de verdad los usara o no.

—Ese pan lo hice con la caspa de Rapunzel en vez de harina… –dijo sin que yo le preguntara nada, al tiempo que entraba al taller cruzándose con la chica que salía.

Antes de que ella pudiera decir algo la interrumpí extendiendo la mano y poniendo en la caja el costo del pan: dos mil quinientos wones en monedas.* Con aquello confirmé que estaba loco.

Abrí la puerta y salí. De repente, el barrio que rodeaba esta trivial panadería me pareció un bosque lúgubre. Un bosque que podría aparecer en un cuento de hadas de ésos que empiezan con un: "Érase una vez un bosque en el que todos los días un mago horneaba galletas con ingredientes diferentes, y en el que a cada soplo del viento las hojas de los árboles se frotaban entre sí e impulsaban el olor hacia afuera y más afuera".

Al llegar a casa les contaría lo sucedido. Les preguntaría si no consideraban necesario, en pos del bienestar cívico en la unidad habitacional, hacer algo con ese hombre raro de la panadería ubicada en la planta baja del tercer edificio a un costado de la parada de autobús.

Pero… ¿a quién podría contarle?

Volver a casa significaba comprobar que ahí no había nadie que me escuchara. ¿No era ése el motivo por

* El won es la moneda oficial de Corea del Sur; 100 wones equivalen a aproximandamente 1.4 pesos mexicanos, por lo cual, el costo de este pan coreano en nuestra moneda sería de alrededor de 35 pesos. A lo largo del libro se dejarán las cifras en wones. [Nota de la editora]

el que compraba pan en esa peculiar tienda: para masticar –junto con un bocado de pan y un trago de leche– los sentimientos de cada día, ni secos ni húmedos, y encerrarlos en un recipiente hermético en lo profundo del corazón?

Dejemos de hablar de los demás. La verdad es que yo tampoco soy quien para juzgar el estado mental de los otros. A ojos de todos hubiera sido yo quien parecería tener más problemas, y no un joven panadero que por lo menos tenía una tienda propia.

Hacía cuatro años que había empezado a tartamudear. Al leer un libro en voz alta no dudaba ni un momento y pronunciaba claramente. Tampoco tenía problema para leer en voz alta los apuntes de lo que por largo tiempo había reflexionado dentro de mi cabeza. Pero si no lo tenía por escrito, no podía pronunciar con claridad ni las cosas más simples, como *sí* o *no*.

¿Quizá se me había estropeado o infectado algún conducto en el cuerpo? Para que mis pensamientos pudieran salir sin problemas del instrumento llamado *boca* debían pasar por el filtro de la escritura. Para mí las letras eran como neurotransmisores que estimulaban mis lánguidas y perezosas sinapsis. Sin las letras mis pensamientos no me pertenecían; se volvían algo que no valía la pena llamar así. Eran un mensaje de error que no merecería imprimirse en papel; palabras repletas de agujeros que se escurrían entre mis dientes, incompletas y entrecortadas.

Tenían razón quienes intentaban consolarme diciendo que a cualquiera le costaría trabajo hablar con lógica sin tener tiempo para organizar sus ideas. Pero en mi caso no era que me costara trabajo, sino que me era imposible. Por mucho que me esforzara por hablar, y por mucho que el otro me esperara pacientemente, el resultado no era más que una serie discontinua, repetitiva y sin sentido de consonantes y vocales.

Tuve los primeros síntomas cuando estaba por terminar la escuela primaria. Al principio no sabía la razón y poco después de entrar a la secundaria…

—A ver, sólo contesta *sí* o *no*.

Aunque el maestro a cargo de mi grupo me dio apenas posibilidad de elegir, dije *sí* y *n-no*, y *sí* de nuevo unas ocho veces. Como resultado, se suscitó una cálida escena en la que él me dio una bofetada.

—¡Idiota!, ¿sí o no?

Y siguió con una serie de patadas y golpes. Me agazapé por instinto, intentando minimizar el alcance del daño. Ocurrió en la sala de docentes número tres donde, aunque había doce maestros, no había ningún alumno que pudiera grabar la paliza con su teléfono celular. Ya no recuerdo cuál era la pregunta que en aquel momento requería que respondiera con un *sí* o *no*.

Cuando a finales de ese año me llamó otra vez para la orientación vocacional que se realizaba anualmente, llevé preparados lápiz y papel para que me pegara menos. Leí mis respuestas cuidadosas, decentes, lógicas y lo más sinceras posibles. Ante esto, el maestro me dijo que sentía mucho haber pensado mal de mí y me recomendó que, antes de preocuparme por mi futuro, fuera primero al médico.

—¿Cómo vas a salir así al mundo? No sólo será un problema conseguir trabajo, sino que ni siquiera podrás entrar en la universidad. ¿Crees que te aceptarán si en la entrevista balbuceas de manera incomprensible? ¿Hasta cuándo vas a quedarte atado al pasado?

Asentí, pero me reí para mis adentros al pensar que él también era un tipo simple e insignificante. Seguramente habría escuchado algo de mi papá cuando éste fue por mero sentido del deber a la junta de padres de familia:

"Sí, es mi culpa por no haber podido cuidarlo, pero además mi pobre hijo fue abandonado a los cinco años por su madre biológica en la estación de Cheongnyangni.** Ni se imagina el estado del niño cuando lo encontraron una semana más tarde… Y después de lo que pasó con su madre, yo tampoco tuve cabeza

** La estación de metro Cheongnyangni se localiza al este del centro de Seúl, capital de Corea del Sur, en el distrito de Dongdaemun-gu, uno de los veinticinco que componen la ciudad. Es la terminal de la línea Jungang, la cual recorre la ciudad de este a oeste. [Nota de la editora]

para atenderlo... De no ser por las circunstancias, no lo habría enviado tan pronto a la escuela. Pero gracias a su madrastra ya todo está mejor ahora, por lo que le pido que le tenga un poco más de paciencia..."

Si el maestro hubiera sido más listo, habría cuestionado el tiempo que transcurrió entre el abandono en cuestión y el comienzo del tartamudeo, y se habría dado cuenta de que hay muy poca relación entre ambos asuntos –de lo que sucedió durante este tiempo hablaré más tarde.

Después de eso, y hasta terminar la secundaria, ningún maestro volvió a pedirme que hablara frente al grupo. Ni siquiera en la clase de matemáticas, donde no tenía que responder más que un número. A excepción de algunos maestros sádicos, o que no tenían ganas de dar clase, nadie volvió a obligar a hablar a quien sólo representaba un obstáculo para la clase.

Con tantos problemas era natural que atrajera provocadores. Pero yo –de mediana constitución y sin saber pelear– los vencí con un método de defensa personal recomendado para mujeres que encontré en un manual de pelea general.

En una ocasión en que fui atacado, me agaché lo más posible para que mi atacante me siguiera (¡cuidado!, que si te pegas mucho al suelo, acabarás por recibir patadas), y entonces me colgué de sus brazos y se los disloqué al levantarme de golpe –de no haber huido de inmediato mientras gritaba, me hubiera atrapado y también mis brazos hubieran quedado dislocados.

Mi padre se vio obligado a pagar una indemnización. Y cuando volví a asistir a clases, después de estar una semana suspendido, descubrí que mis compañeros me evitaban furtivamente, pues las verdades suelen exagerarse cuando no están presentes los relacionados con el caso. A partir de aquello mi vida escolar dejó de ser dolorosa por tartamudear. Tras haber aprendido de mis experiencias en la secundaria, apenas entré en el bachillerato hice pública mi incapacidad para hablar.

Lo que teníamos en común el panadero y yo es que si no hablábamos, nadie se enteraba de nada. No se daban cuenta de que ambos teníamos un tornillo suelto. Eso fue lo que había despertado mi curiosidad y me hizo sentir identificado con él.

Me perseguían.

Las suelas con relieve en espiral de mis zapatos chocaban rápida y violentamente contra la tierra. Un olor a goma quemada rasgaba mi mejilla y pasaba volando sobre mis hombros. El llanto y los alaridos que venían tras de mí se aferraban con tenacidad a las suelas de mis zapatos y luego se desvanecían con el viento.

Mientras corría, pensaba que no tenía a dónde ir. No me quedaba más que pasar la noche en un café internet o algún lugar así. Las cosas sucedieron tan de repente que no pude tomar ni una moneda. Mi teléfono celular –el cual usaba muy poco porque casi no hablaba– se había quedado en la mochila al lado del escritorio. Y daría lo mismo si lo tuviera. No había nadie a quien pudiera considerar mi amigo, o que me ofreciera sus brazos abiertos sin preguntar nada entre los silencios de mi tartamudeo. Por si fuera poco, hacía ya unos seis años que no sabía de mi abuela ni de mi tía maternas. No tenía sus números de teléfono, ni siquiera sabía si aún vivían. ¿Hasta cuándo y hasta dónde podría correr? Al darme cuenta de estos límites espaciales, recordé aquel sitio.

Respiré profundamente. Vi al panadero a través de las marcas de manos en la vitrina.

Sin poder –o sin querer– evitarlo había llegado a ser un cliente frecuente de aquella panadería. Y si no tartamudeara, habría algunas cosas que le hubiera preguntado al dueño: ¿para qué abría las veinticuatro horas si no había nadie que comprara pan a mitad de la noche en una calle como ésa? Aunque siempre estuviera ocupado, ¿no se sentía extraño a veces? ¿No se sentía solo al estar todo el tiempo en la tienda? ¿Y a qué condenada hora dormía?

Sin embargo, gracias a que daba servicio las veinticuatro horas, estaba ahí. Tenía en donde refugiarme.

Abrí la puerta.

Al entrar sentí el aire ardiente del calor de los panes recién horneados. Él me miró con sus ojos color canela. No llevaba el gorro ni la ropa blanca de panadero, sino ropa de diario. ¿Estaba por cerrar?

—Por favor, ocúlteme –dije sin titubear y en un santiamén por tanta prisa y deseo que me apremiaban.

Nadie pensaría que entré corriendo en una panadería a sólo unos cientos de metros de la unidad habitacional en vez de huir lo más lejos posible.

Él no me preguntó qué pasaba, no movió los labios ni asintió. Sólo abrió la puerta del taller en el que se percibía el dulce olor del chocolate. Aunque no dijo nada, volteó su ancha espalda como para permitirme la entrada.

El taller detrás de la caja no era muy diferente al de otras panaderías. Tenía dos enormes hornos que saltaban a la vista. Él abrió el más grande, sacó la bandeja y me miró. ¿Me estaba diciendo que entrara ahí? Inconscientemente se me vino a la mente la imagen del cuento ilustrado de una bruja quemándose viva. Aquélla que tardó demasiado tiempo en comerse a Hansel, y que por las artimañas de Gretel cayó patas arriba dentro de un horno. Vacilé un rato pensando en quién debía empujar a quién.

No era el momento para estas fantasías ociosas.

Di un paso dentro del horno aún tibio con los zapatos puestos. Si era un horno para hacer pan, ¿no debió haberme dicho que me quitara los zapatos? Lo que hizo fue indicarme con un movimiento de barbilla que entrara pronto.

—E-e-es-t-tá bi...bi-en. P-pe-pero n-no lo e...enciciend-das.

Ramita de avellano

Todo comenzó con la maestra Be y su hija de siete años.

Por conveniencia la nombraremos maestra Be. Por un tiempo la llamé *madre* como muestra de respeto por ser la esposa de mi padre, pero, ya que nuestro punto de unión crujía como huesos dislocados, no tenía sentido decirle así. Se volvió innecesario poco después del primer encuentro. Además, éste no es un apelativo incorrecto, puesto que su apellido era Be y era maestra de escuela primaria.

Llegó a mi casa cuando yo tenía nueve años: la edad más adecuada para empezar a distinguir entre la realidad y los cuentos.

En la infancia no se puede hacer esta distinción porque la capacidad cognitiva no está desarrollada. Sin embargo, al pasar de una edad determinada la personalidad sufre un complejo estado de confusión debido al deseo de abstraerse de la realidad y al síndrome de Peter Pan que todos tenemos en mayor o menor grado. La mayoría de las personas, después de un periodo de confusión no muy largo, se olvida de los cuentos y lleva una vida común y corriente. De los restantes, unos pocos se cuelgan del techo o se vuelven locos. Yo no era parte...

... de la mayoría, pues a los cinco años perdí los cuentos entre una multitud de gente en la estación de Cheongnyangni. En cuanto metí mis manos en los bolsillos de la chaqueta, pude tocar la realidad en la escueta forma de cuatro monedas de quinientos wones, un pan en una bolsa de celofán muy inflada y un paquete de pañuelos de papel de mala calidad que repartían como artículo promocional de un karaoke.

A mi padre le daba vergüenza casarse por segunda vez de manera lujosa, así que sólo quería que comenzaran a vivir juntos. Pero la maestra Be insistió en celebrar una boda fastuosa en que burbujas de jabón y niebla de hielo seco bailaran un vals ante sus ojos. Dijo que ella no era una pobre mujer que se había fugado de noche con él, porque no le quedaba más opción, ni una viuda secuestrada. Por lo tanto no quería vivir sintiéndose avergonzada ni conformarse con un simple registro de matrimonio. Y añadió que yo debía ser quien le entregara las flores como gesto de felicitación.

Tal vez fue una especie de declaración: "Yo no soy una criada mugrienta que viene aquí a darte de comer y lavar la ropa, sino la esposa de tu padre en toda la extensión de la palabra. Así que abre bien los ojos y date cuenta de que, ante todo, me debes respetar como madre".

Si ella hizo de forma tan discreta una declaración así de importante –¡aunque en mis oídos resonó el eco de sus palabras sin disfrazar!–, es porque también debía estar preocupada. ¿Acaso pensó que yo la rechazaría como los adolescentes de las telenovelas, que le diría que no podría llamar *madre* a alguien como ella y que me negaría a ir a la escuela? ¿Pensó que la haría pasar malos ratos echando arena en la comida o molestándola? ¿Será por eso que por adelantado decidió extirpar de raíz los problemas que suelen suceder en ese tipo de familias?

Si fue así, entonces se equivocó. La ausencia de mi madre no me había pegado tanto como para albergar esos sentimientos, ni llevaba una relación tan íntima con mi padre como para portarme tan mal. No se puede sentir apego por lo que nunca se tuvo o por lo que se perdió muy pronto.

En fin, así fue como comencé a convivir con la maestra Be.

Antes de decidir el día de la boda, mi padre me llamó y me hizo unas ridículas promesas de telenovela:

"Ya que todavía eres un niño quieres creer que las cosas que pasan en los cuentos son ciertas. Pero sabes que son mentiras, ¿verdad? Es decir, sabes que no es cierto que en este mundo existan personas como la madrastra de Cenicienta o la de Blancanieves –mi padre no conocía la otra versión de Blancanieves en la que la bruja era, en realidad, su verdadera madre–. Has sufrido mucho por lo que pasó con tu madre, así que lo comprenderás mejor. La que será tu nueva mamá siempre cumple sus promesas. No es una persona que el primer día te dé leche y el segundo día te la cambie por agua simple. Al contrario, sólo a ti te daría leche, así su hija, ella misma o yo tuviéramos que comer arroz y tomar agua del grifo. Además es maestra de escuela. ¡Imagínate lo bien que entiende a los niños! En ningún caso será injusta o irracional. Es justa y honrada por naturaleza, así que la tienes que obedecer y llamar *madre*."

Mi padre quería que estuvieran oportunamente en el armario sus camisas y ropa interior con aroma a recién lavadas, y quería despertarse todas las mañanas con el olor del estofado y del aceite de ajonjolí emanando del plato de germen de soya servidos para el desayuno. Ésa era la razón de este supuesto acuerdo con la realidad.

No tenía caso tanta palabrería, pues me valía un moco lo que él fuera a hacer en adelante. Pero mi padre estaba angustiado como si yo, tras levantar un altar en el patio, fuera a hacerle brujería a la maestra Be sacudiendo una ramita de avellano en la que estuviera anidada el alma de mi madre.* Cuando en realidad, para que una ramita de avellano despliegue su fuerza misteriosa es necesario que en vida la madre haya amado profundamente a su hijo y haya pedido con sinceridad por la felicidad del niño que dejaba huérfano.

En las cautelosas palabras con que mi padre buscaba consolarme y persuadirme, lo que en realidad escuchaba era el siguiente soliloquio: "A estas alturas ya no puedes hacer nada. ¿Acaso quieres arruinarlo todo? Mejor date por vencido".

Aunque no me hubiera pasado por la cabeza dificultar las cosas, mi padre me obligaba a estar de acuerdo con todo y me exigía obediencia, como si la boda no tuviera sentido si yo no la aceptaba con reacciones exageradamente positivas y le deseaba felicidad a la pareja.

---

* La ramita de avellano hace referencia a una versión del cuento de *Cenicienta*, en donde ella le pide como regalo a su padre una ramita de avellano, cuando éste tiene que salir de viaje, mientras que sus hermanastras le piden joyas y vestidos. Al volver el padre, Cenicienta planta la ramita sobre la tumba de su madre y ésta crece hasta convertirse en un árbol, regada por las amorosas lágrimas que vierte en memoria de su madre. [Nota de las traductoras]

Él había afirmado que las madrastras de los cuentos no existían en lo *absoluto*. ¿Pero habrá en este mundo alguna palabra más drástica que *absoluto*? Por muy fantásticos que sean los cuentos, sus historias no son por completo arbitrarias y sin fundamento. Aunque cambien las generaciones y las culturas, la naturaleza humana es la misma.

Al principio, como siguiendo el manual de la buena madrastra, la maestra Be también me dio regalos, como un *Playstation*, con el fin de congraciarse conmigo. La primera vez que nos vimos, ella llegó tomando de la mano a su hija que entonces tenía poco más de un año. Era una niña que acababa de empezar a andar y correr. En el momento en que iban a encontrarse sus ojos y los míos, su madre la acercó a sus piernas tomándola de los hombros, por lo que la niña se encogió mirándome con temor.

No supe si primero sintió recelo hacia mí y la maestra Be la atrajo hacia ella para tranquilizarla, o si su recelo se debió a que la maestra la jaló primero. El intervalo entre ambos instantes fue tan insignificante que yo tampoco me di cuenta. Quizá yo mismo lo olvidé emocionado por el *Playstation* que me entregó justo después.

De no haber comenzado una lucha territorial, hubiéramos logrado vivir juntos. Nos hubiera bastado con mostrar el mínimo interés necesario el uno por el otro, participar sin discordia, aunque fuera por obligación, en los eventos familiares, cumpleaños de los parientes, ritos ancestrales o días festivos que se repetían muchas veces al año, y mostrar a los demás que cumplíamos con nuestros deberes y responsabilidades.

Para mí fue, en resumidas cuentas, un juego de rol con fecha de caducidad. Pensaba que con sólo quedarme quieto, sin hacer insinuaciones ni hablar con rodeos, al menos no nos llevaríamos mal. Aunque no quería darle la impresión de que le había abierto mi corazón si me comportaba como el típico niño mimado de nueve años, tampoco me puse de manera especial a la defensiva.

En este caso, igualmente no pude saber si yo no le abrí el corazón porque desde el principio ella me mostró en silencio su deseo de tomar las riendas, o si me gané su antipatía por ignorarla desde que nos conocimos.

Tratar de no invadir el espacio personal de cada uno para mí significaba obtener una base estable para mi futuro mientras cubría mis necesidades de techo, ropa y alimentos; para ella significaba obtener la garantía social y legal de protección que ofrecía un esposo. Una tensión moderada, no demasiado tirante ni demasiado floja. Bajo esas condiciones podíamos ser *nosotros*. Hasta que un día le sucedió aquello a Muji.

Seis años después de recibir el *Playstation*, la maestra Be ya no intentaba esconder su desagrado cada vez que me veía. Yo adivinaba vagamente el motivo. Aunque por tratarse de un asunto emocional no podía haber una sola razón, como en un incendio o un accidente, una cosa era evidente: la mirada de mi padre.

Mi padre era por naturaleza la encarnación del patriarcado, así que nunca me trataba con cariño, ni tampoco a nadie de la familia. Era jefe del departamento de ventas en una compañía de juguetes de figuras de acción, pero a diferencia de lo gracioso y hábil que se mostraba ante los principales clientes, que eran los niños y sus padres, en casa estaba lejos de ser como aquellas bonitas y coloridas figuras. Su aportación a la familia era salir a trabajar temprano y volver tarde, pero no tenía un pasatiempo particular, un talento especial ni un interés específico. En términos sociales, estaba a favor de la división entre los sexos; en términos políticos, apoyaba a la ultraderecha. Sin embargo, tampoco hablaba de ese tipo de temas en casa.

Al vivir bajo el mismo techo era imposible no mirarnos. Tenía que enfrentarme con él cada vez que la escuela me pedía su firma en el informe académico o cuando salían los avisos de pago. Planeaba con cuidado cómo entregarle los documentos de la escuela para terminar el encuentro del modo más natural y rápido posible. Pero mi padre siempre se volvía a mirarme al menos una vez. Y sin ninguna intención especial, soltaba este tipo de palabras:

—Tu madre sacaba muy buenas notas. Tienes que esforzarte más.

En esas ocasiones, detrás de él, la maestra Be me miraba a los ojos. En esas miradas que me clavaba, sin decir una palabra resonaba su voz fría a espaldas de mi padre:

—¿A quién te refieres con *tu madre*? ¿Qué quisiste decir? ¿Quién es este niño que me llama madre, entonces? ¿Para qué me recuerdas así que tuvo otra madre?

Todo empezó con frases cotidianas.

—¿Por qué tienes el álbum de fotos viejas en el librero como si quisieras que yo lo viera?

(El álbum en cuestión estaba en un rincón en las coordenadas $x=100$, $y=0$, y llevaba mucho tiempo puesto ahí.)

—¿Por qué me dices a mí? Pregúntale… a mi padre.

—Lo pusiste ahí a propósito para que lo viera yo, ¿no? ¡Dime la verdad!

—Que no.

Se metía conmigo por tonterías. Como me era incómodo seguir enfrentándome a ella, me levantaba y me iba –por esto comencé a pasar más tiempo solo en mi habitación.

—¿Para qué dejaron las viejas fotos de la familia a la vista de todos?

—Pues... pregúntale a papá... Yo...

—¿Qué, tú no eres de la familia? ¿Está tu padre en casa ahora? ¿Acaso crees que no tengo derecho a cuestionarte?

—No... No quería decir eso...

—¿Quién sabe más que tú de las cosas de tu padre...? No me eches esas miradas que no me gusta. Seguro piensas que no tengo derecho a decirte estas cosas, que no tienes por qué darme explicaciones. Pues entonces vete, no tiene caso que estés aquí conmigo. Vete a tu cuarto.

Con este tipo de insignificancias comenzó a reducirse mi espacio en esa casa.

En una ocasión, como parte de mi tarea y sin malas intenciones, puse un disco para escribir un ensayo sobre la música. Apenas habían pasado diez minutos cuando ella salió al salón, y sin decir nada desenchufó el tocadiscos y me dio la espalda.

"Qué dolor de cabeza", dijo entrando en su cuarto antes de que yo pudiera preguntarle el motivo.

En otra ocasión tuve un trabajo manual fácil que podía hacer viendo la televisión. En cuanto ella vio las tijeras, el pegamento, los palitos y los papeles dispersos sobre la mesa levantó el mantel con todas las cosas encima y lo puso en mi habitación.

"No soporto que mi casa esté desarreglada. Me entiendes, ¿no?", dijo cuando aún le quedaba una pizca de razón que la hacía pedirme la mínima comprensión.

Poco a poco se acumularon aquellas insignificancias y para cuando estaba por salir de la escuela primaria me era casi insoportable tener que saludarla al volver de clases. Para no mirarla a los ojos, bajaba la cabeza y no la levantaba hasta que desaparecían sus chancletas de mi campo de visión.

Tras el fracaso de su primer matrimonio, la maestra Be quería desagraviarse con mi padre, pero él no satisfizo ese deseo. Por supuesto que no, pues él se casó sólo porque era un negocio rentable, porque pagó un dineral a la agencia matrimonial para conseguir una mujer que cuidara de la abuela que vivía aparte, que se encargara de las tareas domésticas y que tuviera una buena posición social.

Si bien podía comprender el sufrimiento de la maestra Be, ¿era mi deber u obligación aceptarlo aunque yo no fuera su hijo? Sobre todo yo, que bien sabía cómo había dejado este mundo mi madre. En mi mente le pedía comprensión, ya que no tenía suficiente energía ni para llevar una vida común sin odiar a mi padre. Por dentro le rogaba que aguantara, pues me iría de la casa apenas pudiera mantenerme. ¿No podría haberme soportado hasta que llegara ese momento? ¿No podría haberse hecho a la idea de que conmigo tendría el aire sólo un poco más pesado? ¿No podría haberme descartado de la foto familiar que perseguía con tanto afán y dejarme fuera de ella hasta que la imagen se petrificara para toda la eternidad?

Como ejemplo puedo citar el día en que se reunieron unos treinta parientes para llevar a cabo los rituales en honor a los antepasados. Los asistentes se veían unas cuantas veces al año. Entre ellos había un tío que, por haber faltado las últimas veces a causa de otros asuntos familiares, hacía unos años que no me veía. Apenas se encontró conmigo, me dio un golpe en el hombro y exclamó:

—¡Qué sorpresa! Miren a quién tenemos aquí: el niño genio. Decíamos que eras un genio cuando estabas más chico. Nos sorprendimos mucho de que leyeras con soltura a los dos años y escribieras tu diario con dibujos a los cuatro, aunque no tuvieras tanta fuerza en las manos. ¿Se acuerdan?

(Parece que cuando los familiares se reúnen apenas unas veces al año sólo saben hablar de la niñez.)

Todos los adultos se rieron a carcajadas. Luego alguien comentó que no había nadie a quien no hubieran considerado un genio de niño, y que a uno que creían genio por saberse de memoria la tabla de multiplicar a los tres años, después ya no era ni de los diez primeros de su clase. Otro dijo que su hijo mayor a los dos años se sabía de memoria las banderas y capitales de todos los países, pero que ahora… Entonces le pidieron su opinión a la maestra Be.

—Pues, no sé. ¿Qué importa cómo se es de niño? Aunque importara y luego se destacara por su talento, yo no tengo la intención de someter a Muji a educación especial durante toda su vida escolar. Por las circunstancias educativas del país, podría incluso perjudicarla en el futuro. Sería fácil que se desencaminara o que se aprovecharan de ella comercialmente, dejándola rezagada al final. No sé si aquél sea un genio, eso ya se comprobará cuando sea mayor. Pero en lo que a Muji respecta, no voy a hacerla pasar por eso.

A juzgar por el sonido de los vasos de licor llenándose, los parientes pronto se olvidaron de la opinión de la maestra Be. Pero me parece que ella dijo todo lo que quería decir, ya que enfatizó dos veces que no sometería a su hija a aquello, y cuando dijo que no sabía si *aquél* era un genio, como habló mirando los ojos del pescado frito sobre la mesa, no se podía saber si se refería a mí o a uno de los genios de quien hablan los medios en forma exagerada. Y bueno, como referencia, en aquel entonces yo sólo había ganado un pequeño premio escolar por unos escritos, así que se puede considerar que ella mostró de manera desmesurada sus ideas sobre la educación de los niños sobresalientes sin que se lo preguntaran.

En realidad, la causa de toda esta escena fue que un pariente torpe e imprudente dijo, entre las anécdotas de la tabla de multiplicar y el diario con dibujos, que yo tenía el don de escribir como mi madre, aunque no lo hubieran escuchado todos. Claramente este pariente no supo del problemático incidente que se produjo entre mi madre y yo en la estación de Cheongnyangni.

No era difícil darse cuenta de que así como la maestra Be me presionaba por estas insignificancias, ella misma cargaba sus propias penas. Cosas que por separado no significan nada, en conjunto son como átomos que se unen para formar una molécula.

Pero eso no era mi culpa. *A mí simplemente me había tocado existir ahí.*

Sus exigencias aumentaron.

"¿Hasta cuándo piensas darme a lavar tu ropa? Ya estás grandecito. Ahora sé por qué tu padre es como es, viendo que todavía no sabes ni usar la lavadora. Ven acá y fíjate bien para que laves tu ropa. Y no te estoy diciendo que lo hagas a mano con una tabla de lavar. La lavadora hace todo. ¿No sabías que es así de fácil? Pues, sí, sólo se trata de poner la lavadora, tender la ropa y ponerla a secar.

"Si ya terminaste de cenar, ¿no se te ocurre hacer algo? Podrías lavar los platos. ¿O tengo que enseñarte cómo hacerlo? Acuérdate de que no soy la sirvienta de esta casa.

"Como ya estás en secundaria, tú mismo debes planchar tus camisas del uniforme. Los estudiantes sólo usan eso. Y tampoco es que te pida que planches toda la ropa de esta casa."

Sin rezongar, obedecía como si se tratara sólo de una crítica sobre la injusta distribución de los quehaceres domésticos y su propuesta alternativa. Pensé que respetar su opinión ayudaría a mantener la paz del hogar. Pero en su manera de hablar, algo me indicaba que la situación no se resolvería con este remedio tan unidimensional y corto de miras.

Fue el día en que la maestra Be empezó a meterse hasta con la ropa que me ponía en casa cuando sentí amenazada mi seguridad... Bueno, es una exageración, pero sí me di cuenta de que mi espacio en casa estaba muy limitado.

"No pienses que tú solo has alquilado toda la casa. ¿Tienes calor en el verano? Pues, pon el ventilador. ¿Crees que te sentirás más fresco si te quitas la ropa? No andes por la casa en calzoncillos y camiseta sin mangas. No sé a quién saliste tan maleducado. ¿Que no tienes camisetas de manga corta? ¿Por qué andas por ahí descalzo aunque tengas chancletas? Está bien que andes así en tu habitación, pero no fuera de ella. En esta casa no vives solo, también es mi casa. Ten un poco de respeto."

El deseo de la maestra Be de apropiarse del espacio, poco a poco, fue más evidente. Ese deseo que aumenta cuando no se está seguro de que una persona o un lugar nos pertenezcan. En cada gesto exagerado y en cada ademán discreto que ella hiciera, se le escuchaba gritar: "¡Ésta es mi casa y yo soy la dueña!" Y más allá de ese grito, se veía el rostro desanimado de Muji. ¿Qué era lo que le preocupaba? ¿Le preocupaba que mi hermana saliera perjudicada si yo invadía su territorio? Si era eso, no debería haberme tratado así.

Al darme cuenta de eso, comencé a actuar de otro modo. Sin que se notara, empecé a irme a la escuela desde la madrugada y me contentaba con un pan del quiosco escolar para desayunar. Con esto acortaba, al menos un poco, el tiempo en que me agazapaba dentro de su territorio. Me acostumbré a comprar un pan para cenar encerrado en mi habitación justo al frente de la puerta de entrada. Ése era mi lugar. Esa puerta no se abría sino hasta la siguiente madrugada en que me levantaba y usaba el cuarto de baño primero –excepto por situaciones muy urgentes como una diarrea, fiebre alta o dolores intestinales–. Mientras hacía mis tareas en la computadora, entremezclado con el ruido de la impresora láser, escuchaba los diálogos de telenovelas que veían en el salón.

Claro que mi padre, que solía volver a casa a medianoche, no sabía de esta situación. Justo antes de que dieran las doce, apagaba la luz, me acostaba en la cama y cerraba los ojos mientras lo escuchaba quejarse:

—Este idiota siempre está tirado en la cama sin recibir a su padre.

Padre, ¿acaso no lo sabías? ¿No sabías que tu esposa odiaba que yo estuviera a su lado en el vestíbulo para recibirte? ¿No sabías que casi nunca nos sentábamos a comer todos juntos *en familia* y que, cuando lo hacíamos, si ella tocaba mi mano por casualidad al servir los platos, me miraba como si acabara de tocar un bicho asqueroso? ¿No sabías que yo, en esa mesa insoportablemente feliz, nunca levantaba la mirada del mantel de cuadros?

En cuanto entré al colegio me convertí en la comidilla no nada más del maestro a cargo de mi clase, sino de todos los maestros.

—Dicen que ese chico de primer año está así desde que salió de la primaria.

—¡*Bah!* A mí se me hace que sólo está fingiendo porque cuando lee un libro no tiene ningún problema.

—Es que sólo habla bien si lo tiene por escrito. A mí me incomoda tanto que mejor ni lo hago hablar en la clase… Sus calificaciones, de cualquier manera, no son malas, así que en realidad no tiene mayor problema, excepto por el tartamudeo.

—Pero parece ser que siempre está solo.

—Pues tampoco es necesario que siempre ande con alguien. Nada más tenemos que fijarnos si en clase está marginado o no, pero fuera de eso, no debemos preocuparnos de más.

Una vez que el maestro supo mi historia, se esparció por todas partes como telaraña. Y además quedó registrada en mi expediente estudiantil, donde me convertí en un muchacho que *requería tratamiento psicológico* y que daba *un poco de lástima*.

Con estos secretos rondando, el maestro de lengua, que además se encargaba de la oficina de orientación, me llamó un día después de clase para tener una conversación personal conmigo. Me dijo que le abriera mi corazón. Que él podría ayudarme a superar mi problema si conociera el origen. ¿Pero cómo iba a contarle aquello? Si todos eran iguales, como cabo de agujetas. Le diría: "Se trata de una maestra como ustedes, que además es la esposa de mi padre. Yo no nací como hijo de mi padre por elección propia, *a mí simplemente me había tocado existir ahí*. Pero esa maestra de todo hace un problema y un escándalo. Quien necesita asesoría no soy yo sino ella". No, ¿verdad? Me avergonzaba siquiera pensarlo. Y además mi historia se convertiría en semillero de chismes.

La situación no cambiaría aunque él supiera la razón y, sin la esperanza de encontrar un remedio, me quedaría solo con mi problema de no controlar el innecesario roce entre mi lengua y mi paladar, yo, que cada vez más evitaba hablar, yo, que iba perdiendo poco a poco las palabras.

Al terminar la inútil reunión, había secretado ácido láctico y me sentía agotado como si hubiera corrido a toda velocidad. Volví al aula y me aflojé la corbata del uniforme. ¿A qué estudiante de primer año de preparatoria se le ocurriría ir a hablar de sus problemas al gabinete pedagógico del colegio? Se convertiría en un secreto a voces, como el del rey que tiene orejas de burro. Incluso podría obtener consejos más útiles si subiera un *post* anónimo a un foro en línea de ésos en los que se exponen las preocupaciones. Bueno, quizá no, puesto que la mayoría de los escritos que tienen títulos como "Quiero irme de mi casa" o "Quiero matarme", casi siempre recibían los mismos comentarios:

¿Qué, no tienes boca? No puedes hablar con tu padre, ¿o qué? ¿Qué, no puedes decirle: 'Esa mujer me atormenta, me hace la vida imposible'?

Oye, tú, idiota, ése que escribió arriba, ¿acaso no tienes cerebro? ¿Tienes idea de lo que es estar en esa situación? ¿Tienes idea de lo complicadas que pueden ser las relaciones familiares? Si no han pasado por algo así, mejor no opinen.

Pues, yo estoy en la misma situación, pero al revés, ya que el problema es mi padrastro. Yo le conté todo a mi madre, pero ella, aun viendo la herida en mi frente, dijo que no podía creernos ni a mí ni a él. ¿Sabe el sujeto que comenta arriba cuántas ganas tuve de morir en ese momento? ¿Sabe que incluso quise arrancarme de la frente los diez puntos de sutura que me pusieron, pagados con el dinero de ese tipo?

Por más ejemplos que haya de este ir y venir de discusiones en línea, la conclusión que se obtiene de ellas es siempre seca y realista, porque así son la mayoría de estos chicos de clase media que, de un modo u otro, disfruta de una buena situación económica.

 Olvídate de esa idea. Si hablas con tu padre, lo perderías todo. Cierra bien los ojos y aguanta esa porquería sólo unos años más. Cuando te mudes al dormitorio de la universidad o cuando consigas un trabajo, ya no tendrás que rendirle cuentas a nadie. Por ahora no tienes los medios para mantenerte y ya sabes que en estos tiempos no se puede hacer nada sin dinero.

Era cierto, no sería mucho tiempo. A lo mucho, dos años.

No me asustaba que la maestra Be fuera a ahogarme en la bañera, sino que me atormentaba de una manera inteligente. Tenía una actitud eficaz y económica, típica de los maestros más hábiles: obtener el mayor resultado con el mínimo esfuerzo. Aunque desde afuera no se viera ni un moretón, por dentro causaba lesiones muy graves.

En las telenovelas de fin de semana la gente ve al sufrido protagonista que soporta todo sin llorar, por mucha tristeza que sienta o por muy solo que esté, y dice: "Qué pedazo de idiota, ¿acaso no puede acusarlos y salirse de ahí de una buena vez?"

Pero los que así piensan deberían saber que la realidad dista mucho de ser ideal, y que sin el mínimo apoyo económico es muy difícil lograr algo y soportar el peso de este mundo que no es color de rosa. Para conseguir lo que deseamos debemos resignarnos al hecho de que habremos de padecer diferentes tipos de sufrimiento.

Se tiene el estrecho prejuicio de que los jóvenes que se fugan de sus casas y buscan refugio en albergues para adolescentes son de uno de los siguientes dos tipos: los que huyen de una violencia tan grave que representa una amenaza para sus vidas y los que se alejan de sus familias por las condiciones de pobreza extrema en las que viven. Se piensa que otros problemas como el abuso sexual, los embarazos y la delincuencia vienen acompañados de la violencia y la pobreza. Convencional y vagamente, la clase media cree que el afectado, sea astuto o ingenuo, con sólo entrar en la universidad va a poder resolver al menos algunos de sus problemas inmediatos. Todos ellos siguen este camino, el cual resulta provechoso sólo en la medida en que su situación económica sea buena.

Con sinceridad, yo tampoco quería agachar la cabeza ante la hostilidad de la maestra Be, quería salir de ese camino. Yo, que medía el alcance de mis acciones, había calculado con precisión matemática el momento justo para marcharme. Yo, más que tonto, era calculador.

Pero al parecer pulsé mal la tecla de una de las cuatro operaciones matemáticas porque me salió mal el cálculo. ¿En dónde me habré equivocado?

Eran manchas pardas de sangre.

Estaba por poner la lavadora cuando vi una pieza de ropa interior de Muji que se mezcló por error con mi carga de lavandería. Estas manchas de sangre salpicada me recordaron las flores de magnolia marchitas tiradas y pisoteadas sobre el suelo al final de la primavera. Se me deslizó el cesto de la lavandería de la mano y la ropa se dispersó por el suelo de la sala. La maestra Be me vio cuando se disponía a salir de su habitación para preparar la cena. Me miró un rato de arriba abajo en un intento de enterarse de lo que estaba pasando y al ver las bragas de su hija en el suelo, las tomó como si las quisiera arrancar de mis manos.

Esa noche, en la oscuridad de mi habitación, con violencia penetró en mis oídos una conversación que traspasaba los audífonos del reproductor de música que llevaba puestos, aunque no quería escucharla e intentaba fingir que no sabía nada.

—¿Fue en la escuela? ¿Fue en la academia de inglés? ¿Fue un niño de tu edad, uno mayor que tú, un adulto? –decía la madre apremiando a su hija.

Ante tantas preguntas desenfrenadas, la niña respondía incoherentemente sin poder procesar la información.

—Si te le echas así encima a la niña –dijo mi padre–, ¿cómo va a poder contarte los detalles? Cálmate un poco y escuchemos lo que…

—¡Tú no te metas! –interrumpió la maestra Be.

Pronto la discusión se convirtió en una pelea con gritos y estallidos.

Pero, a pesar del caos, la maestra Be logró obtener la mínima información necesaria, pues al día siguiente asaltó la academia de inglés a la que iba Muji, tras recibir el parte médico donde se establecía que la niña requeriría cuatro semanas de tratamiento.

Agobiada por las pertinaces preguntas de su madre, Muji finalmente señaló como culpable al maestro de conversación de inglés para niños de primaria. Casualmente, éste ya había sido inculpado en un caso similar. Aunque no se sabía si fue un simple malentendido, si fue arrestado o si se echó tierra al asunto mediante el pago de una compensación, era seguro que por eso había cambiado de escuela.

Una investigación reveló que el perfil de carrera que aparecía en los folletos de la academia era falso. Ahí decía que desde niño había vivido por unos veinticinco años en el extranjero y que, después de terminar el curso del bachillerato, volvió a Corea donde se graduó de la universidad. Por estas razones trabajaba en esa academia donde se les daba prioridad a los maestros nativos de inglés. Pero, por el contrario, vivió en el extranjero sólo dos años y había abandonado la carrera sin terminarla. En realidad, casi nada era verdad, excepto el hecho de que tenía un dominio del inglés casi de nativo.

El director de la academia, preocupado por perder alumnos debido a estos rumores turbios, propuso diez millones de wones como compensación.

—Señora, ¿no podría haber sido un poco más prudente? ¿Cree que nosotros lo hubiéramos empleado de haber sabido estas cosas? Cualquier problema debía haberlo comentado primero con nosotros. ¿Para qué entró en la clase donde estaban los niños y acusó así al maestro? Además, sin estar comprobado que sea culpable, usted sigue publicándolo en internet. ¿Usted se hará responsable de los alumnos que perdamos? Por otra parte, ¿no le parece raro que otros niños de la clase no hayan dicho lo mismo? ¿La niña podría estar inventando esto cuando en realidad le sucedió en otro lado?

—¡Habrase visto! ¿Ahora está diciendo que mi hija dice mentiras?

Su henchido orgullo materno explotó porque su hija había sido doblemente agraviada. La maestra Be fue a la fiscalía con el dictamen médico y el bolígrafo-grabadora de voz que contenía la llamada telefónica con el director de la academia. Mi padre le dijo que no sería bueno para la niña hacer un escándalo mayor, pero ella fue de todos modos, no sin antes pelearse con él también.

Hubiera sido mejor seguir el consejo de mi padre, aunque pareciera vil, pues una semana más tarde madre e hija tuvieron que ir a la fiscalía varias veces y soportar un sinfín de preguntas. Al final, según la maestra Be, ya no se podía distinguir al criminal de la víctima.

—Le pasa todo esto a una niñita de siete años... pero ese tal fiscal no dejó de hacerle preguntas horrorosas... "Muji, ¿puedes indicarme desde dónde y hasta dónde te toqueteó el maestro? ¿Sólo te tocó la parte por donde haces pipí? ¿O también te tocó hasta la parte por donde haces popó? ¿O te tocó entre estas dos partes? ¿Sólo metió los dedos o también otra cosa? ¿Metió, por ejemplo, un bolígrafo o palillos? ¿Te metió su pájaro, te lo mostró o te hizo tocárselo? ¿Te hizo, acaso, chuparlo? ¿Era así de pequeño o así de grande?" No pude más y lo interrumpí. Le pregunté que si eso era un concurso de pornografía y que qué demonios importaba el tamaño. Pero él dijo que debía confirmar cada detalle porque podría haberlo hecho un niño y no un adulto. Además, me dijo que si volvía a interrumpirlo, me iba a sacar de la sala. "¡Pero si yo soy la madre!" ¿Qué más iba a hacer si él le estaba haciendo esas horribles preguntas?

En tal estado, hubiera tomado a mal incluso que mi padre se condoliera con ella en silencio. Lo que él hizo fue darle una respuesta realista:

—Te lo dije. Y de todos modos decidiste ir a sabiendas de que tendrías que sufrir esto. Mejor ya olvídate y llévala a otra academia. Además, dile al director que no aceptarás el dinero sucio del acuerdo. Tíraselo a la cara.

—¡Pero qué te pasa! Por supuesto que voy a rechazar el mugroso dinero, ¿pero cómo voy a dejar en paz el asunto? ¿Dirías lo mismo si Muji fuera tu hija biológica? Qué fácil es tener nada más un hijo varón, ¿no?

—¿Cómo puedes decir eso? Si él también es tu hijo.

—Pues, ¿qué esperabas? Tú eres el que siempre los ve como tu hijo y mi hija. Y si no quieres, no me apoyes. No te necesito. Yo no voy a descansar hasta acabar con esa academia y con ese tipo.

Yo no quería tener que enterarme de estas cosas. No tenía ningún rencor contra Muji ni tampoco pensaba que la maestra Be mereciera ese sufrimiento. También asumí que ella quería que yo pretendiera no saber nada, así que me quedaba tieso, conteniendo la respiración, pero esto también provocó sus regaños:

"¿No sabes lo que está pasando en esta casa? Vives muy cómodo, ¿no?, igual que tu padre. Pero si yo fuera tu verdadera madre, si Muji fuera tu verdadera hermana, ¿seguirías tan campante?"

Aunque tampoco le gustaba que yo mostrara interés o preocupación por el caso:

"¡Qué impertinencia de estarte metiendo en nuestros asuntos! ¿Dónde aprendiste este mal hábito de meterte en las conversaciones de los mayores?"

Entonces, ¿qué esperaba de mí?

Como desde el principio Muji señaló invariablemente a su maestro de inglés como el ofensor, al final tuvieron que encararse frente al fiscal. Ahí, el maestro en cuestión dijo con calma y frialdad:

—Entiendo completamente cómo se siente por lo que le ocurrió a su hija. ¿Cómo podría no entenderlo si yo también soy padre? Pero usted está cometiendo un error, señora. No le preguntaré de qué modo rastreó la información sobre mi pasado, pero sus fuentes no parecen del todo confiables, y seguro que no obtuvo los datos por una vía legal. Yo no estoy en una situación tan diferente a la suya, ya que también tengo hijos y trabajo educando niños. Sobre lo otro, me he reconciliado con la academia y llegamos a un acuerdo, pues se trató sólo de un malentendido entre nosotros. Pero sobre este asunto, ¿qué? Si otros niños me acusaran, no habría dudas sobre mi culpabilidad, pero ése no ha sido el caso. Gracias a usted y a sus acusaciones estoy a punto de ser despedido de mi trabajo, donde no tenía ningún problema. Y viéndolo de otro modo, yo he salido muy perjudicado. Esto es una maldición que me persigue muy a mi pesar. Pero dejémoslo aquí, y yo no la acusaré por denunciar a un inocente y tampoco quiero causar más daños a la academia al marcharme.

—¿Inocente? ¡Tú estás confabulado con la academia! ¿Intentas hacer pasar a mi hija por una mentirosa?

—A ver, doña –interrumpió el fiscal–, cálmese un poco y no hable tan fuerte. Aquí no es lugar para que arme alborotos así. Y usted, señor, no se salga del tema. ¿Sabe para qué lo llamamos? Para que la niña compruebe la identidad del culpable.

Lo que sacó de quicio a la maestra Be fue que el fiscal la llamara siempre *doña* y no *maestra*, a pesar de que sabía cuál era su profesión. Ella dijo que, aunque cada fiscal tiene sus propias particularidades, la mayoría suele omitir los apelativos de respeto al dirigirse tanto a víctimas como a sospechosos con el fin de tomar la batuta.

—¿Por qué me está diciendo *doña*? ¿Entonces yo también le puedo decir *don*? A ver, don, ¿tiene hijos? Si a su hija le pasara esto, ¿también pensaría que ella está mintiendo y se basaría en eso para la investigación?

—Lo siento, pero no estoy casado.

—Será porque no ha podido. Y mejor que no se case, con lo mal que está de la cabeza.

—Basta ya de discusiones inútiles. No dije que la niña mintiera, lo que digo es que debería pensar más las cosas para no causarle daño a una persona que no sabemos si es culpable. A ver, niña, tú también piénsalo una vez más y dime si estás segura de que fue él. Si más tarde descubrimos que has mentido, tú o tu madre tendrán que ir a la cárcel.

—¿Cómo puede un fiscal amenazar así a una niña? ¿Le está diciendo que la va a meter a la cárcel? Lo voy a publicar en internet.

—¡Maldito sea internet! ¿Usted cree que puede hacer lo que sea con internet? Entonces haga lo que se le dé la gana.

Así siguieron de acusación en acusación. Las primeras veces de manera consistente Muji señaló como el ofensor al maestro de inglés. Pero cuando el fiscal le preguntó lo mismo más de siete veces, la niña reaccionó de formas diferentes cada vez: dijo que no recordaba bien, lloró e incluso hizo como que no le importaba. Esto dejó desconcertada a la maestra Be.

"Mire. La ley vigente en nuestro país considera preponderantes las evidencias materiales. Es prácticamente imposible aceptar como prueba las declaraciones de un menor. Se establece que hay que reconocer como prueba válida el único y el primer testimonio del niño en presencia de expertos como psicólogos infantiles y psiquiatras en un ambiente controlado. Decirlo es muy fácil, pero hacerlo es muy complicado. ¿No cree? Y bueno, como maestra, usted sabe muy bien que muchos niños dicen sin querer cosas que no son verdad. Como sabe, no lo hacen por maldad, sino porque son como avestruces que entierran la cara hasta el cuello... En los casos de abuso sexual contra menores, el ofensor es un conocido en el setenta y cinco por ciento de los casos. De este setenta y cinco por ciento, un treinta y ocho por ciento son vecinos, un diecinueve por ciento son parientes y un diecisiete por ciento son personas pertenecientes al área de la educación...

Lo que quiero decir es que no se enfoque sólo en una posibilidad, sino que amplíe su perspectiva."

Fue una noche en que el ambiente de la casa estaba lúgubre y el desasosiego llegaba a su clímax. Debido a los problemas en el hogar, mi padre volvía apenas terminaba el trabajo, pero ni siquiera eso ayudó a mejorar el clima funesto y sombrío que se respiraba.

Además, en vista de que la declaración de Muji cambiaba, el maestro también cambió de parecer y presentó una demanda de reconvención por difamación, por lo que la maestra Be recibió el auto de comparecencia. Esa noche, la maestra agarró a Muji del pelo, la jaloneó de un lado para otro y la golpeó con una percha de metal mientras la niña gritaba pidiendo ayuda.

—¡Dime! ¡Te digo que me digas! ¿Quién fue, eh? ¿Si no fue ese cabrón, quién fue? Estúpida. ¿Para qué me haces pasar por una idiota y me humillas así? ¡Ojalá te murieras! ¡Dime quién fue! ¡Que me digas la verdad!

La maestra le pegaba justo frente a mí como si quisiera que yo viera. Pero, aunque me apenaba mucho no intervenir porque a Muji le tenía buena voluntad, me quedé inmóvil porque no podía salvarla. Por experiencia sabía que si intervenía, la maestra Be me correría de ahí y Muji acabaría gritando cada vez más fuerte.

Pero…

… el dedo de Muji comenzó a levantarse en un ángulo de noventa grados apuntando hacia mi cara. Sin comprender, me quedé ahí plantado por un rato.

Como en cámara lenta, la maestra Be me rasguñó la mejilla con las uñas de su mano seca, luego me tomó del cuello y me empujó contra la pared, donde me golpeé la nuca. Fue entonces que me di cuenta de lo que estaba pasando. Dentro de mi cabeza golpeada resonaron mis vasos capilares al romperse. Sentí escurrir un líquido cálido acompañado de un dolor sordo.

No sé si de mi garganta escaparon los gritos: "¡No! ¡Que no! ¿Por qué yo?" Al instante una lluvia de puños y cachetadas me ofuscaron los sentidos. Ya le llegaba a mi padre a los hombros, y tenía suficiente fuerza para rechazar a su mujer y responder los golpes, pero no lo hice. Mi padre sólo nos miraba. Yo no podía atacar a su esposa. Al fin caí de rodillas y me agazapé sobre el suelo, sin defenderme. Entonces ella comenzó a patearme en la cabeza y la espalda.

Un líquido cálido escurría desde mi boca hasta mi barbilla. Alcé la cabeza para ver a mi padre. En su rostro no logré descubrir la certeza de que la acusación de Muji fuera verdad, pero tampoco se compadecía ni buscaba defenderme. Parecía que lo embargaba la incertidumbre.

"Papá, ¿sabes que no fui yo? Sabes que yo no soy la clase de persona que haría eso, ¿verdad...?" Tampoco sé si estas palabras salieron de mi boca o sólo rondaron por mi cabeza. Al final, la maestra Be dejó de patearme, pasó enfurecida junto a mi padre y tomó el teléfono:

—¿Policía...? Sí, hablo para denunciar a un delincuente juvenil.

Mi razón se apagó como si se hubieran fundido los fusibles. No tuve la calma de pensar que, aunque me detuvieran, podría volver a casa después de aclarar el malentendido, pues no era culpable ni había pruebas. Pero si mi padre no impidió que tomara el teléfono, ¿cómo podía esperar algo tan ilusorio y fantástico como que se arreglaran las cosas y todo volviera a la tranquilidad? Yo era el cautivo que lanzan al mar para aligerar la carga del barco que va a naufragar.

Al darme cuenta de esto, empujé a la maestra Be que estaba por tomarme del pecho después de colgar el teléfono. En su caída, se desplomó de espaldas sobre mi padre. Los dos quedaron tirados uno encima del otro, esforzándose por levantarse como tortugas volcadas.

Justo antes de escaparme, creo que mis ojos se encontraron con los de Muji por un instante. Aún le sangraba la nariz y estaba parada frente a la habitación sin saber qué hacer. A pesar de la prisa, pude negar suavemente con la cabeza como diciéndole que esto no era su culpa. Sin tener que preguntarle, entendí que, al intentar librarse de ese doloroso momento, señaló de golpe al primero que vio y ése resultó ser yo. Pero al igual que las avestruces, se equivocaba si pensaba que al esconder la cabeza podía ocultar también el cuerpo.

A mis espaldas escuchaba a la maestra Be gritando que me atraparía y a mi padre intentando levantarse. Ellos me perseguían.

La galleta diabólica
de canela

Artículo: **Galleta diabólica de canela**
2 piezas
9,000 wones

Ingredientes: harina, canela en polvo, azúcar morena, pasas y extracto secreto. Los componentes especiales del extracto no se revelarán por considerar a quienes pudieran encontrarlos repugnantes.

Aviso del panadero: los ingredientes no son alergénicos, así que
no hay de qué preocuparse, y además no los van a ingerir ustedes.

Detalles: ofrézcale la galleta a quien no le caiga bien para que las neuronas de dicha persona se alteren durante dos horas y cometa errores en todo lo que haga. Si realizara alguna exposición o presentación importante, no podrá concordar los sujetos con los predicados y se desviará del tema, así que cualquiera que la vea pensará que está loca. Y si acabara de ingerir alimentos, defecará en su propia ropa al no poder controlar sus esfínteres. Si la llegara a ingerir con el estómago vacío, le provocará nauseas continuas. Cuenta la leyenda de un abogado corrupto que fue expulsado del tribunal y no se le ha vuelto a asignar ningún caso después de comerla durante la pausa en una audiencia.

Instrucciones de uso: en todo momento mantenga la galleta envuelta en el papel engrasado de color marrón. Tenga esta precaución pues se verá disminuido el efecto si cambia la envoltura. Asimismo, a las cinco de la madrugada del día en que pretenda usarla, coloque la galleta de frente hacia el occidente y diga: "Con mi furia y mi rencor, pido el castigo que merece _____".

Nota: todas las palabras mágicas que acompañan los productos de la Panadería Encantada se formularon originalmente en latín o en griego clásico, pero las tradujimos y explicamos para conveniencia de los usuarios. Pronúncielas con mucho cuidado y con el debido respeto, pues pudieron haber perdido su fuerza.

La dirección electrónica de la tienda que administraba el panadero era *panaderia-encantada.com*. En ella se vendían misteriosos productos materiales e inmateriales. Pensé que se realizarían oscuros negocios a pequeña escala, como los que se hacen en los foros de internet, pero se hacían más pedidos de los que esperaba, y los clientes hacían preguntas y calificaban los productos con comentarios. Aunque había cosas muy costosas, no se podía pagar con tarjeta de crédito para evitar dejar huella de las transacciones. La tienda podría ser suspendida o el dueño podría incluso ser arrestado por vender *elíxires de amor* o *muñecos vudú* en verdad efectivos. Por supuesto, como prevención ante este tipo de situaciones fastidiosas usaban una cuenta en el extranjero.

En otras páginas de subasta aparecían anuncios como "Utiliza mi frente como tablero de anuncio", "Vendo el fantasma que vive en mi casa. Llévatelo ahora mismo por mil wones. Envío gratuito. No tendrás más calor por la noche" o "Saludable, buenas calificaciones, culto. Compra mi cuerpo". Algunos de éstos resultaban novedosos y otros eran simplemente nefastos. Sin embargo, lo que se vendía en la página de la panadería se diferenciaba en esencia de estas bromas.

Desde el día en que me refugié en la Panadería Encantada, me encargué de su página web a cambio de que me escondieran.

"No te pido nada especial al encargarte la administración del sitio –me especificó el panadero–. Sólo que trates de mantenerte conectado a la página para que me avises en cuanto alguien escriba algo o llegue un encargo. Tú no podrás contestar más que las preguntas acerca del pago o el envío. Parece complicado, pero en realidad me ahorrarás tiempo si me avisas de inmediato en cuanto se reciba un encargo. Hasta ahora hacía de una vez todo tras revisar la lista de pedidos por la noche, lo cual me tenía siempre ocupado."

Echemos un vistazo a lo que vendía el panadero cada día.

En primer lugar, esos panes indefinibles. Por fuera se parecían a los panes de la tienda, pero tenían ingredientes diferentes. Lo que me había respondido aquel día en que le pregunté sobre cada pan había sido una broma respecto a los comestibles expuestos en la tienda. Pero los de ahí, aunque idénticos, contenían aquellos ingredientes extraños de los que me había hablado y los enviaba bien envueltos a los clientes.

¿Qué tipos de personas pedirían estos panes?

En la tienda electrónica aparecía la imagen de cada pan junto con una parte de los ingredientes y los efectos bien especificados. En la última línea también se detallaban los efectos secundarios. Debajo de la explicación, aparecían los comentarios y la calificación que los usuarios asignaban al producto por medio de estrellas rojas. Había anécdotas como que al principio los habían comprado sólo por diversión, pero que les había sorprendido que surtieran efecto, ya fuera por casualidad o por la sinceridad de su deseo. De un máximo de cinco estrellas, los productos tenían entre tres y media o cuatro.

Había todo tipo de resultados; como el de alguien que tuvo éxito en un negocio porque gracias a un producto aumentó su confianza y dejó de temblar ("¡Me gustó, aunque se tratara únicamente de un efecto placebo! Mientras el resultado haya sido bueno, me doy por bien servido"). O alguien que se lo ofreció como refrigerio a su jefe, al que no podía ver ni en pintura, y quien, quizá por efecto de los bocadillos, acabó arruinando la presentación que su superior hizo de unos productos nuevos. Otro más le dio a probar algo a la mujer que lo ignoraba y al poco tiempo ella cayó rendida a sus pies.

La galleta diabólica de canela era sólo un ejemplo de unos veinte tipos distintos de panes y bizcochos. Tenían diferentes efectos positivos, negativos y neutros, así como grados de intensidad. Entre estos veinte productos los que me parecieron más interesantes fueron:

Lo más visto   **Pudín de nata para la mente**

Un talismán contra el mal de ojo que le ayudará a controlar su mente el día de un examen o de un viaje de trabajo importante.

Scone de pasas para hacer las paces

Pida disculpas con este producto y será perdonado al cien por ciento. Tenga en cuenta que sólo surtirá efecto si su disculpa es sincera y no si lo hace por obligación.

 ## Magdalena de piña para el corazón roto

Borre las heridas causadas por un mal de amores. Como dueño de la panadería no se la recomiendo, pues quienes están desesperados por olvidar podrían acabar en una nueva relación sin que haya amor sincero.

Galletas sable de chocolate. *No, gracias*

¿Le declaró su amor alguien que no le gusta para nada? Ofrézcale estas galletas como respuesta, y como dicen por ahí: «Comida hecha, compañía deshecha».

Panqué de huevo para los negocios

Regale un paquete de panqués a quien esté por abrir una empresa o por emprender un negocio nuevo. Si lo que quiere es mantener su negocio a flote, con esto atraerá la buena suerte (o por lo menos evitará el fracaso), aunque no le traerá grandes éxitos o cuantiosas riquezas. No se recomienda para la gente codiciosa que sólo busca hacer crecer su negocio a cualquier precio.

 ## Barra de almendras para la memoria

Cómala y medite para poder recordar el pasado que creía olvidado o que no quería desenterrar. ¿Qué habrá en su subconsciente? ¿Cuáles serán sus recuerdos reprimidos? Pruébela si lo carcome la curiosidad y tiene espíritu aventurero.

Manju de café. *Para siempre*

Regáleselo a los amigos que se marchen lejos a causa de un cambio de escuela, estudios en el extranjero, migración, etcétera. Con este producto nunca se olvidarán de usted. No podrán resistir las ganas de buscarlo porque en cada momento de pena o de alegría lo recordarán.

Financier Doppelganger

Coma este producto y vaya a dormir mientras repite las palabras mágicas. Al día siguiente su doble irá en su lugar a aquellos sitios a donde usted no quiera ir, como la escuela o el trabajo. Quédese en casa cómodamente o salga a divertirse. Pero cuidado, por ningún motivo debe ir a comprobar si hay un doble suyo. Si otra persona llegara a verlos al mismo tiempo o si usted mismo viera a su doble, podría desaparecer para siempre uno de los dos. ¿Quién sería el desafortunado?

Además de todo esto, en las últimas líneas de cada producto se añadía una advertencia impresionante:

Ya sea positivo o negativo el cambio que desee, la magia altera el orden del mundo físico y metafísico. Siempre recuerde que al utilizar cualquier tipo de magia, su fuerza regresará a usted como un bumerán.

¿Acaso trataba de desalentar el uso de sus productos? Esto me hizo recordar la nota que aparecía al registrarse en la página:

El empleo de toda magia implica que el usuario pague un precio
por ella. Regístrese únicamente si tiene la capacidad
de hacerse responsable de las consecuencias.

Y más abajo, las casillas de verificación:

Sí, estoy de acuerdo.   No, no estoy de acuerdo.

En resumen, lo que decía era que quienes quisieran estrangular a otra persona debían estar preparados para ser ahorcados también ellos mismos. Por tal motivo deseché la idea de utilizar en la maestra Be alguno de estos productos.

De cualquier modo, lo cierto era que sólo en lo que respecta a la galleta diabólica de canela, que no era sino un producto entre muchos, llegaban más de veinte pedidos al día. En una situación común y corriente hubiera pensado que quienes creen en estas hechicerías no tienen nada mejor que hacer. Pero tras haber entrado en el horno del panadero, no me quedaba más remedio que creer.

La mayoría de las consumidoras eran adolescentes que piensan que el grupo sanguíneo determina la personalidad y que creen en las revelaciones del tarot del amor. Y en segundo lugar estaba el grupo de mujeres veinteañeras. Pero para mi sorpresa, en la lista de pedidos también había bastantes hombres de todas las edades, incluso de más de cincuenta años. Aunque bien podría tratarse de casos de usurpación de identidad.

En tiendas de regalos en línea y sitios similares también se vendían, como simples artículos de papelería, muñecos vudú o las llamadas Libretas rojas de maldiciones, con las que se puede lanzar una maldición a alguien con sólo escribir su nombre en ella. Pero los productos de la panadería diferían notablemente de aquellos simples pasatiempos de producción masiva. Se trate del alma o de artículos materiales, en un mundo donde prevalece el valor comercial no era de sorprenderse que se vendieran cosas como éstas.

En la tienda en línea había alrededor de veinte artículos divididos en cuatro o cinco categorías, pero no tuve tiempo de revisar con detenimiento cada uno. En mis ratos libres le echaba un vistazo a los productos, pero también tenía que imprimir los pedidos en cuanto llegaban para llevárselos al dueño, quien siempre estaba detrás de la puerta del horno. Así le resultaba más fácil preparar con anticipación los ingredientes o la masa cuando llegaba un encargo de pan o galletas.

A ratos me daba por pensar si me seguirían buscando mi padre y la maestra Be; si buscarían a su hijo que estaba escondido a unos pasos, en lo que aparentaba ser una simple panadería de barrio.

Aquella noche en que entré en el horno del panadero…

El horno abrió sus fauces hacia una oscuridad que parecía no tener fin. Era como si bastara con acurrucarme para ser devorado por la oscuridad sin necesidad de avanzar hacia ella. Aunque me pregunté si era seguro meterme hasta el fondo, simplemente avancé porque no me quedaba más remedio.

¿Al entrar aparecerá un mundo como el de Narnia detrás del armario: un mundo de magnífica frondosidad, nieve blanca nunca antes pisada, animales que hablan, centauros, enredaderas que al rozarlas abrazan las piernas y un bosque medieval con hombres de arena y otros seres?

¡*Zaz!* A mis espaldas retumbó atrozmente la puerta del horno al cerrarse. También cerré los ojos y extendí las manos tratando de palpar lo que se encontraba frente a mí. En vez del vacío insondable, sentí en mis manos algo parecido a la sólida superficie de un cristal. Lo empujé y apareció ante mi vista un nuevo espacio.

¿En dónde estaba?

Era una habitación que parecía ser veinte veces más amplia que la panadería. No era posible que hubiera un espacio tan grande en este edificio. Apenas pisé el suelo se oyó de nuevo el ruido de la puerta cerrándose a mis espaldas. Volví la cabeza y vi otro horno. ¿Acababa de salir por ahí? Abrí con cuidado la puerta y metí mi mano. No había nada más que la oscuridad misma de los inicios del universo.

La habitación era como un departamento de un solo cuarto y en sí no era tan fantástica ni tenía una atmósfera de otro mundo. Se veía como una casa normal, si bien un poco más amplia. Me llamó la atención la gran mesa de laboratorio color vino en medio de la habitación, sobre la que había complicados utensilios de laboratorio cuyos nombres desconocía. En cada matraz y vaso de precipitados, líquidos de hermosos colores formados con componentes misteriosos hervían lentamente, como si tuvieran vergüenza, emanando un olor a menta. ¿Estaba bien dejarlos desatendidos? ¿No explotarían?

En la pared de enfrente había una cama lujosa donde Sherezada de *Las mil y una noches* podría acostarse para servir al rey. Había también una computadora de diseño anticuado, pero elegante, con una pantalla de LCD de veintiún pulgadas. La estantería empotrada color nogal, de apariencia pesada y sólida, llenaba toda la pared izquierda. En ella estaban colocados muchos libros antiguos de pasta dura con títulos en lo que parecía ser latín o hebreo, y unos pocos libros en coreano o en inglés.

En el techo, tan alto que no podría alcanzar a tocarlo aunque me parara en la cama, había un número descomunal de estrellas como bordadas sobre un fondo negro. ¿Cómo podían brillar con una luz tan natural si no son más que luces artificiales? Hasta la cola de un cometa que pasaba entre las estrellas parecía real.

En la pared derecha había una chimenea y enfrente de ella una butaca de terciopelo. La chimenea era eléctrica, no era de aquéllas tradicionales que se encienden con leños, pero su fuego calentaba y ardía con bastante intensidad. Con sus llamas acariciaba un gran caldero de hierro con aros que colgaban a cada lado. Un caldero que, como el útero de una bruja, hacía que se pudriera y fermentara lo que hubiera en su interior. Tuve la impresión de que verdaderamente había ido a parar a la casa de un mago. Del caldero escapaba un serpenteante vapor blanco que se esparcía por el aire. Me asomé para ver qué era lo que hervía dentro, pero fue una desilusión encontrarme sólo con agua.

De todas maneras, el caldero me hizo desechar la idea de que el panadero estuviera loco. La verdad era que no sabía cómo lidiar con esta situación, pero no parecía haber otra explicación. Nunca me había preguntado qué haría si me encontrara con un ente fantástico o un mago. Pero en vez de quedarme perplejo o necesitar de un pellizco, me sentía cómodo y optimista. Si se puede creer en lo invisible, como en un Dios todopoderoso o en un espíritu, ¿por qué no creer en lo que sí se ve?

Al aceptar la realidad, pude adivinar qué era aquel dibujo en el suelo compuesto de líneas rectas y curvas dentro de un círculo enorme. Se trataba de un círculo mágico. Abrazando una estrella pequeña con seis vértices estaba dibujada una estrella más grande de doce vértices, y en los espacios donde se cruzaban las líneas se encontraban escritas fórmulas matemáticas, además de breves palabras en lo que parecía ser hebreo. Todo el conjunto quedaba encerrado por dos grandes círculos.

En el pequeño rincón al lado de la estantería había una gaveta de madera de ocho cajones. A primera vista parecía un fichero como los que venden para las oficinas. En cada cajón estaban pegadas etiquetas escritas en un idioma que desconocía.

En los cuentos, a los personajes los mata la curiosidad por saber lo que hay detrás. Si ven una puerta firmemente cerrada, se acercan y giran la manija o abren el cajón. Al principio esas puertas o cajones parecen no ceder, pero de repente la manija se deja girar y se abre la entrada a otro mundo… o dentro se encuentra algo horroroso. Esto es lo que a grandes rasgos sucede en estas historias. En general esas puertas son trampas y a los personajes les sucede algo terrible al abrirlas. Se convierten en una pieza más de las colecciones de Barba Azul o quedan petrificados.

A pesar de que ya me sabía la historia, sin querer extendí la mano hacia la manija del cajón como si fuera el personaje de un cuento. Pero en cuanto la toqué, un pájaro azul, que estaba posado con tranquilidad sobre un reloj cucú, voló y me golpeó la mano con su ala.

—¡Ay!

Me cubrí la mano y miré al ave. Creí que sólo era un adorno, pero ahora ese pájaro aleteaba sin dejar de mirarme.

—¿Di-di…ces que no… no lo abra?

En vez de contestarme, el pájaro aleteó en otra dirección y se posó en lo más alto de la gaveta. Esa ave me resultaba familiar. Tenía el vientre naranja y los hombros azules. Eran los mismos colores de la ropa de la chica que atendía la caja de la panadería durante el día. La chica usaba camisa y vaqueros azules con un delantal naranja. Y sobre todo, en la cabeza llevaba la misma horquilla pequeña con un lazo celeste y lunares colocados como con cuentagotas.

Conque era esa chica.

El pájaro azul agachó la cabeza a modo de afirmación y después voló hasta posarse sobre el reloj cucú.

Antes de pensar en lo que haría después, se abrió el horno y el dueño se asomó tras su puerta.

—¿Qué haces ahí?

—Pues…

Pues, es que… Debía decir algo, aunque fueran excusas. Él bien sabía que yo tartamudeaba, ya que iba con frecuencia a la panadería. Entonces, no era necesario que tensara de este modo mi lengua y garganta, ¿o sí? Esta persona ante mí, fuese lo que fuese, era un ser muy especial. Me parecía que él podría entender muchas cosas aunque yo no le dijera nada.

Esta idea me tranquilizó e hizo que mis pies y manos se relajaran.

—Ah, querías saber qué había dentro, ¿verdad?

Increíble. Sabía todo sin necesidad de que le dijera. Él se quitó el delantal y lo colgó en el perchero que estaba al lado de la chimenea.

—¿Por qué tienes sangre en el dorso de la mano? Seguro fue ella. No hay nada especial ahí adentro. Hay plantas medicinales, hojas, hongos e ingredientes naturales deshidratados. Pero en el tercer cajón hay pelos de animal clasificados por tipo y en el último, órganos animales sometidos a procesos químicos. Ella no te dejó verlos para que no te murieras del susto. Entiéndela.

Aunque tenía muchísima curiosidad, no quería ver esas cosas asquerosas, así que asentí con determinación. No me decepcioné, ya que no se trataba de una puerta del destino por la que no pudiera pasar.

—Siéntate –dijo mientras giraba la butaca morada de terciopelo que estaba frente a la chimenea.

¿Que me sentara? Pero, ¿para qué? Bueno, claramente era una descortesía andar como gato nervioso deambulando en una habitación ajena. Me senté y me olvidé de lo que me había pasado hacía no más de veinte minutos.

—La mano –ordenó extendiendo a su vez la palma de su mano.

No comprendía sus intenciones. Me sonó a la orden que se le da a un mono para amaestrarlo.

—Que me des la mano. ¿No ves que estás herido?

¡Ah, eso! Un ligero rasguño. Extendí la mano herida por las alas del pájaro azul. En el dorso tenía un poquito de sangre coagulada.

Después de ponerme algodón, el panadero tomó el séptimo tubo de ensayo de entre los que estaban alineados de izquierda a derecha y aplicó unas tres gotas. El movimiento de sus manos era suave como el agua tibia con azúcar.

Sentí un poco de ardor en la mano cuando penetró la medicina a través del algodón. Pero al retirarlo, el ardor desapareció y en la mano no quedaba ningún rastro de la herida. Luego de esto ya nada podría sorprenderme.

Después tomó otro algodón y repitió el proceso en mis labios heridos. Ya me había olvidado del asunto, pero en ese momento me di cuenta de que la maestra Be me había herido con su anillo de matrimonio.

—Ya está. Debes saber que vino la policía.

Con cuidado llevé mi mano hacia mi pecho y presioné con fuerza. Todavía me quedaba la sensación de la maestra Be ahorcándome. Sentía que si no presionaba, el dique que había construido en mi corazón se agrietaría y liberaría un torrente desenfrenado.

—Vinieron a preguntar si había visto a un estudiante de preparatoria de mediana estatura. Nada fuera de lo común. Pasan por aquí porque a estas horas es la única tienda abierta. No es la primera vez que viene la policía. Siempre preguntan por las pandillas que se pelean en medio de una borrachera y por los accidentes de tránsito. Pensé que sería sospechoso si les decía que no te había visto, así que mencioné que vi a un chico pasar por la parada de autobús y seguir de largo. Fuera de eso no me preguntaron nada en particular.

—Mu...muchas... gracias.

—Creo que ya no vendrán de nuevo por este asunto. Se veían fastidiados. Ahora ve a dormir, que ya es tarde. O, ¿tienes hambre? –dijo, mientras señalaba una cama tan lujosa que no podría siquiera imaginarme durmiendo en ella.

Negué con la cabeza. La cama era demasiado para mi gusto y no podría adueñarme de ella al ser un fugitivo que había recibido su ayuda. Así que, señalando una parte del suelo donde no estaba dibujado el complejo círculo mágico, le mostré mi intención de dormir ahí.

—Por supuesto que no –dijo con tono autoritario tomándome por los hombros–. A estas horas los niños deben dormir bien. Yo trabajo de noche y no quiero que me distraigas dando vueltas echado al lado de la puerta. Podría hacerte dormir con polvos del sueño, pero estoy siendo lo más considerado que puedo contigo, así que haz lo que te digo. Además, después de dormir y desayunar, tienes que volver a tu casa –dijo, desalentándome por completo.

No había tal cosa como un refugio permanente. Y tampoco podía esperar que un extraño se encargara de mí por siempre. Esto ya lo sabía. Aunque supiera lo que me pasó, seguramente no querría inmiscuirse en líos familiares ajenos. Entonces, ¿de qué me había servido huir? Apenas si para retrasar un poco el sufrimiento que me esperaba.

Se desvaneció la tensión que envolvía mis piernas de forma viscosa y firme, como telaraña. La fuerza se me fue de las manos. Una grieta cruzó mi corazón y se ensanchó dando paso a un aire húmedo y desagradable. Mis ojos se anegaron de lágrimas. Vi ante mis ojos la imagen de mi padre: su rostro esquivando mi mirada y sus manos detrás de la espalda. Luego vi la mano de la maestra Be que me tomaba del cuello y me sacudía. Finalmente vi los ojos de Muji que parecían delatar su culpa. Ay, ¡no podía ser!

Me mordí los labios, pero no pude reprimir los sollozos.

—Llora. Si lloras, te sentirás mejor –dijo, pero si yo ya estaba llorando, ¿no?–. Quiero decir que no importa que llores fuerte. Anda, no te tapes con el brazo y levanta la cara.

Cuando alcé el rostro, él puso una probeta transparente de cristal debajo de mi mandíbula. Sin saber qué pretendía, parpadeé y mis redondas lágrimas rodaron hasta la probeta.

—¿Qué… está… haciendo?

—Las lágrimas de los niños sirven para muchas cosas.

¿A quién le estaba diciendo niño? Sabía que estaba cumpliendo con su papel de mago, pero esto era pasarse de profesional. Lo adecuado hubiera sido que me diera un pañuelo para limpiarme, ¿no?

—Las lágrimas de alegría, de tristeza, de enojo, las de emoción y de maltrato se componen de elementos diferentes y se pueden hacer distintas pociones con ellas. Discúlpame, pero levanta la cara un poco más.

Me tomó la barbilla con dos dedos y me hizo girar la cara de un lado a otro para recolectar las lágrimas. Sus movimientos eran rápidos como los de una enfermera extrayendo sangre. Sentí como si se estuviera burlando de mí, pero al mismo tiempo le agradecía que me hubiera dejado tan sorprendido que se detuvo mi llanto.

Cuando estaba por terminar de recoger las lágrimas, el pájaro azul llegó volando hasta posarse sobre su hombro y, como si estuviera diciéndole algo, se inclinó hacia la mejilla del panadero y frotó en ella su cabeza.

—Parece que le caíste bien. Dice que te permita quedarte con nosotros en consideración por tu terrible situación.

Claro. Recordé que la chica de la caja era más amable y servicial con los clientes que él.

—Pero no es posible –añadió mientras acariciaba la cabeza del pájaro posado en su hombro–. Cada quien debe hacerle frente a sus propios problemas, así los resuelva o empeore. Si le he permitido esconderse, es sólo porque es cliente nuestro. Pero si ahora se oculta, hará lo mismo cada vez que esté en problemas.

Al escucharlo, el ave azul frotó su cabeza con más fuerza en el cuello del mago. Le agradecía este gesto, pero me parecía que él tenía razón. Y sin embargo no tenía el coraje suficiente para volver a casa donde me aguardaba la frialdad de la maestra Be, mi padre esquivando mi mirada y los policías desconcertados y renuentes a intervenir en asuntos familiares. Pero si al menos pudiera quedarme hasta que esto no fuera sino un simple caso de fuga de casa, hasta que la maestra Be se calmara y hasta que yo pudiera ganar tiempo para defenderme. O por lo menos hasta que pudiera escribir una carta donde probara mi inocencia. Pues si me tuviera que defender hablando, apenas abriera la boca quedaría acorralado entre la espada y la pared.

Tras conversar de una peculiar manera con el pájaro azul, él parecía haber tomado una decisión.

—Ya entiendo, lo que quieres es que le dé al menos un corto periodo de prueba hasta que pueda defenderse él mismo, ¿no es así? Me parece un fastidio, pero si tú insistes tanto, haz lo que quieras. Tú te encargarás de los quehaceres de la casa y de sus comidas. Ya sabes que yo no soy bueno haciéndola de niñera.

Al ver que el pájaro daba su aprobación, me sentí dividido entre mi necesidad y mi orgullo. Lo que decía era cierto, pero aquellas palabras tan duras como *fastidio* o *niñera* relamían con fiereza mi corazón. A esa edad ya no necesitaba de cuidados permanentes, pero me faltaba una pizca de confianza en mí mismo para poder valerme del todo por mi cuenta. Quince años: la edad más deplorable en el mundo.

¿No habría nada que yo pudiera hacer para que no tuvieran que darme *cuidados permanentes*? ¿No habría nada en lo que pudiera ayudar?

—¿No…no me va…vas a…a pre…pre…gunta… tar qué me pa…pasó?

—No es necesario.

Ah, pues, bien podría ser. Los magos suelen tener una bola de cristal o un espejo mágico –aunque, ¿por qué no se ven esas cosas en esta habitación? ¿Acaso sustituirá el espejo por el agua del caldero?–. Él ha de poder ver desde lejos lo que sucede.

—¿O…o sea que…que ya sabe to…todo lo que me…me pa…pasó?

—Para nada. Ni que fuera Dios o que pudiera leer la mente.

Su respuesta me desilusionó. Se dirigió paso a paso hacia la mesa de experimentos con las lágrimas que había recolectado y con cautela destapó la probeta. Entonces, ¿por qué no me preguntaba nada?

—No me interesa saber de los asuntos humanos.

Si fuera cierto lo que sospechaba de él, si de verdad fuera una existencia anterior a la existencia o una existencia superior a la existencia, habría vivido durante muchísimo tiempo. Entonces sería natural que no se interesara por los asuntos mundanos.

—Pero aunque no quiera saber –añadió dándome la espalda de cara a la mesa de experimentos–, hay cosas que saltan a la vista. A un niño que entra corriendo y jadeando a la tienda a estas horas con las agujetas desamarradas y los botones de la camisa arrancados no le habrá pasado algo bueno, ¿no? Veo que tienes el cuello un poco hinchado y rojo, y los labios lastimados, así que supongo que alguien te habrá intentado ahorcar. Si hubieras peleado con alguien de tu edad, te habrías ido a tu casa, pero como has venido aquí, es cien por ciento seguro que ha sido con alguien de tu familia. Esto al menos significa que en casa no estás a salvo. Además, como no tienes rasguñada la piel de las manos, ni tienes pellejos o pelo bajo las uñas, imagino que no protestaste y que te golpeó alguien mayor que tú, de quien no puedes defenderte. O también puede ser que tú seas muy malo para las peleas. Pero está claro que no cenas en casa, considerando la cantidad de pan que casi todas las noches compras en mi tienda. Así que veo que no te llevas bien con quien prepara la cena o que no hay nadie quien cocine. En conclusión, acabas de salir de tu casa después de que te golpeó alguien de tu familia. Si a mí me basta con saber esto, ¿para qué tengo que preguntarte las razones por las que te llevas mal con esa persona?

Apenas me había observado brevemente desde el taller detrás de la caja y aun así me había examinado a la perfección. No pude evitar quedarme boquiabierto. ¿No habría pensado nunca en cambiar de trabajo?

—Cualquiera se hubiera dado cuenta al verte… Aunque es posible que yo te haya puesto un poquito más de atención, ya que eres un cliente frecuente.

El pájaro azul voló de nuevo hasta posarse sobre el adorno del reloj cucú y bajó la cabeza, como si hubiera sido una parte del mismo desde el principio.

El mago me arrojó una manta de microfibra, dos frascos de medicina y me dijo:

—Si de verdad quieres dormirte en el suelo, hazlo. Pero no te acerques al dibujo en el piso. Y toma esto si tus pensamientos te impiden conciliar el sueño. La medicina transparente te hace dormir, pero no te preocupes, no es un somnífero. Sólo te ayudará a calmar tu alma. La morada te traerá dulces sueños. Bueno, quizá no sean dulces, pero al menos impedirá que se te acerquen los súcubos. Apenas huelen un poco a hierbabuena, así que puedes tomártelas sin agua.

—¿P-por… qué me…me ayudas?

—Qué cosas dices, si has venido por tu cuenta.

—¿Ha-harías est-to por…por cual…quie-ra, no-no so…sólo por…por mí?

—Como te dije, tienes privilegios por ser cliente frecuente. Muchas personas han entrado en mi panadería, pero tú eres el primero que ha entrado en el horno.

Sus palabras eran muy directas y punzantes, pero el acolchado que me cubría los hombros era terso y suave, y los frascos de medicina me reconfortaban. Yo no quería ser una carga, como un perro abandonado al que hubieran aceptado por no tener otra opción, sino en verdad ayudar de algún modo. Sin embargo, ¿en qué podría ayudar un chico como yo a un mago que parecía ser capaz de hacer por sí mismo cualquier cosa?

—Pu-pues, yo…

No estaba bien obtener gratuitamente una cama donde dormir, pero mi lengua se movía demasiado lento como para preguntar de qué forma podría agradecerle y qué podría ofrecer a cambio, yo, que no tenía nada en ese momento. De pronto él me sugirió:

—¡Ah, sí! ¿Sabes administrar páginas web?

De este modo quedé a cargo de la página de internet: *panaderia-encantada.com*.

"Claro que no podría decir que no odiaba ni un poquito a esa chica. Yo no pensé que las cosas fueran a salir así. Nunca hubiera esperado que le pasara eso, sólo quería darle un escarmiento."

Ella sollozaba sentada junto a la mesa redonda al lado de los mostradores. Llevaba el uniforme de la preparatoria femenina contigua a la mía. Al verlo me acordé del colegio. Lo había dejado completamente olvidado durante dos semanas.

Tras cuatro días de faltar a clases sin avisar, empezaron las vacaciones de verano. Durante esos días pulsé unas tres veces mi número de celular desde el teléfono de la panadería, el cual no aparecía en los identificadores de llamadas. Creí que contestaría Muji o alguien más, pero enseguida entraba la contestadora. Al parecer la batería estaba descargada o la maestra Be lo había apagado.

Sería mejor si me hubiera traído el teléfono celular, aunque no lo usaba casi nunca. Pero en esas circunstancias no hubo nada que pudiera haberme llevado. Casualmente, la única cosa que tenía en las manos era la llave de casa que cargaba siempre en el bolsillo de mis pantalones para poder salir en cualquier momento. (Pero una vez afuera, ¿para qué necesitaba la llave? ¿Para qué soñar con la huida si no dejaba de considerar el regreso? ¡Qué insoportables resultaban estos límites y contradicciones!)

Como ya hacía bastante tiempo que había venido la policía, consideré que por el momento me encontraba seguro y empecé a salir del cuarto detrás del horno hacia la caja, unas dos horas al día para almorzar junto al pájaro azul. Aun así me sobresaltaba cada vez que sonaba el timbre en la puerta de la panadería. Ese día también, al abrirse la puerta, de un salto me puse en cuclillas debajo de la caja. Sólo pude levantarme después de ver a través de los cristales del mostrador, donde había accesorios para fiestas, como velas, cohetes y demás, que una chica se sacudía la falda del uniforme de un colegio que no era el mío.

Más o menos una vez a la semana llegaban de improviso a la tienda personas que habían comprado por internet. Siempre que sucedía esto, el dueño ponía una expresión de entre aburrimiento y enfado. Sin saber por qué, su cara mostraba casi repugnancia o desprecio por quienes compraban sus productos.

—¿Y qué quieres que yo haga? Quien lo compró porque lo consideró necesario fuiste tú. Si obtuviste ese resultado, es porque el producto tuvo efecto, ¿no? ¿Qué garantía vienes a exigir ahora?

Sin voltear a mirar a la chica del uniforme, él metió un vaso grande en el microondas y lo puso a calentar. Sin importar su humor, no podía tratar a un cliente tan secamente.

—No se trata de eso. Le estoy preguntando qué puedo hacer. No me imaginaba que tendría efectos secundarios tan graves. Aunque me llevaba con ella sólo por necesidad, no era una mala chica. ¿Cómo podré vivir los días que me quedan? Si ella no apareciera de nuevo, yo no podría seguir adelante.

El dueño esbozó una sonrisa burlona y dijo:

—Pues, entonces muérete. ¿Para qué quieres vivir así?

—¡Pero qué le pasa!

Casi al mismo tiempo que se levantó la chica del uniforme hecha una furia, yo empujé al dueño, quien me sacaba una cabeza de altura, contra la pared tomándolo por el cuello. "¿Cómo puede hablarle de esa manera? ¿Cómo puede burlarse de los infortunios ajenos y decir que usted no tiene la culpa?" De este modo ordené las palabras dentro de mi cabeza y abrí con lentitud la boca. Pero las frases perfectamente creadas en mi cerebro se deslizaron como siempre sílaba por sílaba desde la punta de mi lengua.

—¿C-co…cómo pu…pu…puede…?

Sentí en mi rostro la mirada de la chica del uniforme. Pero sus ojos, más que ira contra el dueño, mostraban repugnancia hacia mí. Pues a pesar de haber empujado con fuerza al panadero, tenía la cara encendida y no fui capaz de decir con claridad ni una frase.

Se me fueron las palabras. Tratase como tratase el dueño a los clientes, yo no podía entrometerme, pues en estos momentos dependía de su ayuda. El pájaro azul me tiró de la solapa. El dueño, con un suspiro, tomó mi mano y la apartó.

—Sí, sí, está bien. Cálmate. Y tú… –dijo señalando a la del uniforme con el dedo índice– siéntate de nuevo. Escucharé lo que tengas que decirme, pero nada más.

El microondas se paró emitiendo un sonido y él puso el vaso humeante sobre la mesa ante la que estaba sentada la chica.

—Bébelo. Te va a calmar un poco. Y ten cuidado para que no te quemes la lengua.

Mientras ella bebía la leche caliente a sorbos, el dueño esperó sentado en la silla al otro lado. Habría que ver para creerlo. Por muy insensatos que fueran los clientes, les daba unos momentos para que recuperaran la calma al quejarse de sus dolencias e inquietudes. Pero sus intenciones no eran congruentes con su forma de actuar.

La chica del uniforme había comprado por internet la galleta diabólica de canela. En la madrugada del primer día del periodo de exámenes finales murmuró las palabras mágicas y luego se la dio a comer a una amiga, a quien no podía querer con sinceridad porque le tenía envidia. En el siguiente examen, la amiga sufrió de un malestar estomacal tan fuerte que todos se dieron cuenta y durante el examen se saltó sin querer un renglón al marcar las respuestas afectando así todo el resto.

El hecho de haber reprobado un examen le habría causado, de por sí, un gran impacto, pero el mayor problema fue que no pudo aguantarse más y, justo después de entregarle al profesor la hoja de respuestas, explotó el asunto. En un santiamén, por toda el aula se extendió el olor a excremento y no sólo las estudiantes, sino también el maestro, se quedaron plantados sin saber qué hacer. Éste, al terminar de recoger todas las hojas de respuestas, abandonó el aula de prisa tapándose la nariz. La amiga puso cara de desesperación sin poder levantarse y las compañeras, cuchicheando, apartaron sus escritorios del de ella, dibujando un círculo ancho y grande a su alrededor.

Sin poder soportarlo más, algunas gritaron:

—¿Por qué te quedas ahí sentada en vez de ir al baño o a la enfermería? ¿Crees que si te quedas quieta nadie sabrá que eres tú? ¿Acaso piensas terminar así los exámenes que faltan?

La presidenta del grupo la hizo levantarse para llevarla a la enfermería, pero la chica salió corriendo como si la persiguieran. En ese momento no pudo más que mitigar los síntomas con antidiarréicos y lavarse a medias con agua fría en el baño de maestros. Después regresó para continuar el examen llevando en la parte de arriba la blusa del uniforme y en la parte de abajo los pantalones deportivos sin ropa interior. Sin embargo, ya habían pasado veinte minutos desde que comenzará el examen siguiente.

Aunque había salido mal en ambas pruebas, lo peor era que se había extendido el rumor por toda la escuela. A partir del día siguiente ya no se presentó a los exámenes y el día en que salieron las calificaciones fue descubierta en su habitación junto a un frasco vacío de medicina.

Con medio vaso de leche sin beber, la chica del uniforme agachó la cabeza para enjugarse las lágrimas. El dueño de la tienda, sentado inmóvil frente a ella con brazos y piernas cruzados, esperó a que dejara de llorar.

—Tengo pesadillas todas las noches… No creo que nadie se haya fijado bien, pero quizá alguien me haya visto dándole la galleta durante el descanso. Aunque no sería fácil relacionar ambas cosas.

Pasado un rato, desde que la chica terminara sus palabras, el dueño golpeteó la mesa con los dedos.

—¿Ya has terminado de hablar? Disculpa, pero ahora debo ir a trabajar. Si tienes pesadillas, te puedo preparar una medicina que impida que se acerquen los súcubos. Con eso estamos a mano, ¿está bien?

—Eso no es lo que quiero. Usted es mago, ¿qué no puede hacer nada?

—Sólo Dios puede resucitar a los muertos. Si es tan apremiante, ve con él directamente.

La forma en que hablaba y sus palabras eran casi como volverle a decir: "Entonces muérete. ¿Para qué quieres seguir viviendo?", pero esta vez la chica parecía estar conteniéndose.

—Ayúdeme, por favor. Compré esa galleta como si se tratara de un producto raro en una tienda de curiosidades, en parte por diversión y en parte por curiosidad. Nunca deseé un resultado así.

—¿No te parece demasiado preciso el momento en que usaste el producto como para salir ahora con estas excusas? ¿Quién compraría dos galletas por el exagerado precio de nueve mil wones, aparte de los tres mil wones de envío, sin tener un propósito? Y eso, aunque estuvieras pudriéndote en dinero, ni las galletas hechas a mano que se venden en las panaderías de los hoteles de siete estrellas cuestan tanto. Así que, ¿con qué intención las compraste?

—Eso dice usted porque no sabe. En los hoteles es de lo más común que vendan unas galletas mucho más caras que ésas –dijo y luego comenzó a tutearlo–. Y tú las das demasiado baratas para lo singulares que son.

Ella le había hablado de tú en un intento de empatizar, pero él replicó con fastidio:

—Ya no me digas esas cosas. Y no tienes por qué hablarme de tú. Además, supongamos que el precio sí sea relativamente barato. A mí me importa un rábano en qué se gasta la gente el dinero. En todo caso, ¿me echas a mí la culpa de que utilizaste esas galletas nada más porque las doy a ese precio?

—No, no es eso. Es que, como en la Panadería Encantada hay muchos más artículos, quería saber si hay alguno que me pudiera ser de ayuda.

Aun si existiera lo que quería, una vez que pasó aquello, ¿de qué serviría y qué se podría restaurar? Además, había omitido algo muy esencial en la historia de la chica del uniforme.

—¿Acaso no te habías fijado en los comentarios y las calificaciones que los usuarios hicieron sobre esas galletas? ¿No habías visto que el cien por ciento decía que tuvieron efecto?

—Sí, lo había visto. Pero pensaba que se trataba de empleados de la página haciendo propaganda.

—Una pregunta más, ¿no habías visto la advertencia de los efectos secundarios?

—¿Lo que decía sobre el efecto de bumerán de toda la magia? Pensaba que eso también era un decir. ¿Cuántos de tus clientes crees que compren creyéndose todo eso seriamente?

"Una vez encolerizado, no hay modo de calmarlo. Así que quédate lo más tranquilo posible y haz como si no estuvieras presente. Trata de no tocar nada, y menos la computadora y los panes que se venden en la tienda. No lo hagas enfadar mostrando curiosidad, pues no servirá de nada." Al recordar las palabras del ave azul, por un momento temí que el dueño fuera a golpear a la chica.

El sonido metálico de la silla plegable hizo que el ave azul y yo levantáramos las cabezas asustados. El panadero se levantó y posó su mirada fría sobre la chica del uniforme.

—Suficiente. De haber mostrado al menos un ápice de arrepentimiento te hubiera consolado con las palabras de rigor, pero no me siento con ganas de hacerlo. Y no hay ningún producto que le pueda recomendar a una persona como tú. Aun si lo hubiera, no te lo vendería.

La chica también se levantó empujando la mesa.

—¡Pero qué descaro! ¿Cómo puede ser que un tipo como tú tenga una tienda si después de vender los productos no ofrece nada más?

—He dicho que no le venderé nada a gente como tú, que no puede tomar ni la mínima responsabilidad de sus actos.

—¡Te vas a arrepentir! Si alguien le dice al maestro que me vio dándole la galleta, yo les diré el nombre de esta tienda. ¿Crees que voy a perderme sola?

—Haz lo que quieras –dijo, pero de inmediato añadió–: un momento… –llamó el dueño a la chica.

Ella volvió la cabeza con una expresión de esperanza en el rostro, como si hubiera sabido que la llamaría y que quizá le daría una solución. Pero las palabras que salieron de su boca eran diferentes a lo que ella esperaba.

—… Vivirás siempre sufriendo por la culpa. Aunque haya sido un homicidio accidental, hasta el día de tu muerte no podrás escapar del hecho de haber matado a una persona. Esto es lo que se le podría decir en general a cualquiera que tuviera un poco de conciencia… A ti además te digo: no podrás vivir sin tener pesadillas que cargarás con el peso de tus propios actos. Y cuando creas haber olvidado, volverá a visitarte en tus sueños.

Tras unos instantes de estar plantada con los labios temblorosos, la chica salió empujando la puerta con violencia.

El dueño, también inmóvil unos instantes en su sitio, observó la campanilla que se agitaba ruidosamente y suspiró. El pájaro azul se alejó lo más que pudo y murmuró:

—Si sabes que lo que dices se convierte en realidad, no hacían falta las últimas palabras... Ah, estoy de acuerdo con que la clienta se lo merece, pero si por eso nos toma antipatía... ¡Qué vamos a hacer si viene la policía!

—Ya nos ha investigado la policía más de un par de veces desde que vives conmigo. No es nada nuevo. No te preocupes –dijo soltando una risita como si no le importara. Y señalándome con su barbilla añadió–: Tú, vuelve ya a la habitación.

Después de dirigirle al ave un ademán de despedida con los ojos entré al taller tras él.

Abrí la puerta del horno y volví a ver al dueño. Al rozar con sus dedos un sitio aparecían nuevas masas de pan listas para hornear, y en el cuenco enorme de acero inoxidable se hinchaba la masa con levadura. La puerta del horno izquierdo se abrió con un ruido y los *waffles* con relieves en forma de rejillas se trasladaron a la mesa de cocina exhalando vapor. Y encima de ellos cayó el jarabe resplandeciente color ámbar.

La cara del dueño al hornear las galletas azucaradas no tenía ni una pizca de dulzura. Si comparáramos sabores y fragancias, él más bien sería picante como las especias. "De pensar en las caras felices de los clientes cuando comen esto, sin querer se me esboza una sonrisa", suelen decir esos panaderos que salen en televisión como si recitaran un guion preparado. Sin embargo, lo que daba este panadero a sus clientes no era una felicidad acogedora, sino una responsabilidad con un peso muy grande.

De labios para afuera había dicho que no había de qué preocuparse, pero visto de espaldas parecía un hombre solitario.

Bizcocho de luna llena
con sabor a crema de cacahuate

Estaba harto del pan.

Al pasar frente a la puerta de vidrio, inconscientemente metí la mano en el bolsillo de los pantalones del uniforme y encontré cuatro monedas de quinientos wones. Justo como cuando tenía seis años: aquel día en que estuve en el andén entre la gente que bajaba de forma precipitada las escaleras empujándose. Rocé con mis dedos los relieves de las monedas y levanté la vista hacia el letrero de la panadería.

En ese entonces no sabía nada del panadero ni me había fijado en el letrero en letra cursiva, pero el olor de las avellanas y de los frutos secos tostados me cosquilleó la nariz. ¿Será que todos los impulsos violentos nacen del olfato: el olor a pan, el olor a dinero, el olor a deseo y el olor a odio? Empujé la puerta y entré. Vi por vez primera a la chica y, detrás de ella, al dueño.

Aun después de escuchar lo de la caspa de Rapunzel y las lenguas de gato, un día sí y otro no entraba por la puerta de vidrio. Quizá el dueño me considerara un contrincante tenaz por ser tan insistente. Tras la remodelación del barrio, habían puesto una inmobiliaria en donde había estado una tienda de conveniencia. Desde entonces comencé a depender más de esta panadería para conseguir mis alimentos diarios. En fin, parecían haber pasado miles años desde la última vez que cené en casa.

Pronto me aburrí del pan de molde y de los panecillos, pero ahí había otros muchos panes para elegir. Vendían rebanadas de tarta con cereza picada y manzana molida; pan de salvado de tono amarillento; galletas enrolladas de café sin azúcar; pastelitos individuales; rebanaditas bañadas con mermelada de albaricoque y decoradas con almendra cortada muy finamente. También se podían encontrar pudines de castañas cocidas, bizcochos, pan vienés en forma de estrella con corteza crujiente, pastel con crema de queso a la alemana decorado con nata y pistacho y, además, un pan con patatas caramelizadas cuyo nombre desconocía. Tenían una variedad tan vasta que todos los días podía comer algo distinto. El único problema que me preocupaba era que me alcanzara el dinero que llevaba en el bolsillo.

—Parece que te gusta mucho el pan –me dijo la chica de blusa azul, que ya me era familiar de tanto verla, en cuanto puse el dinero encima de la caja.

Se trataba de un saludo amable para un cliente regular.

—N-n-no –murmuré como escupiendo, tras vacilar un instante, y luego le arrebaté la bolsa con pan.

Justo antes de salir de la tienda vi de reojo que inclinaba la cabeza perpleja. Parecía preguntarse por qué compraba todos los días varias especies de pan si decía que no me gustaba.

Estaba harto del pan.

"El tren con destino a Yongsan* se acerca. Por favor, esperen detrás de la línea amarilla."

Yo tenía seis años y hasta entonces no había tomado el autobús ni el metro solo, siempre me acompañaban mi madre o mi padre. Así que no sabía que la estación de Cheongnyangni, en la que me había quedado solo, estaba apenas a diez estaciones de casa y, sobre todo, nunca había pensado memorizar nuestra dirección, ya que siempre estaba bajo la protección de mi familia, aunque

---

* Uno de los distritos de la ciudad de Seúl, localizado en la orilla norte del río Han. [Nota de la editora]

fuera superficialmente. Tampoco había aprendido a quién tenía que pedir ayuda en esos casos. En el jardín de niños nos dijeron que si había un incendio, llamáramos a los bomberos; que si nos seguía una persona sospechosa, avisáramos a un policía; que si nos extraviábamos de mamá o papá, fuéramos al centro de información y pidiéramos ayuda. Pero no me habían enseñado cómo me tendría que comportar si me abandonaba mi madre.

Todavía me quedaba en la muñeca la sensación de la pulsera de identificación que un día de verano me habían puesto mis padres para que no me perdiera en la tienda departamental. Dijeron que en esa cinta de vinilo transparente estaba mi nombre, domicilio y los teléfonos de mis padres. Me molestaba y quería quitármela, pero no sabía cómo manipular los botones que sólo mis padres podían abrir. El sudor escurría entre el vinilo y mi piel causándome salpullido en la muñeca. Yo me rascaba constantemente y mi padre le decía a gritos a mi madre que no debió habérmela puesto, que bastaba con vigilarme bien. Seguro fue por eso que mi madre la tiró y ahora no la tenía. Aunque sabía que de haberla tenido, en un caso como éste podría volver a casa sólo con mostrársela a alguien.

Ella me dijo que iba a ir al baño. Yo contesté que quería acompañarla, pero ella respondió que iba a ser una pérdida de dinero, puesto que los dos tendríamos que comprar de nuevo los boletos del metro. Dijo que esperara tranquilo, que volvería en diez minutos.

Como yo no sabía leer el reloj analógico, no pude calcular cuánto tiempo es diez minutos. No entendía aquella promesa venida de un pasado recóndito y oscuro que dividía una abstracción en sesenta unidades. Sabía leer cada número en el reloj digital que brillaba en la tabla electrónica de anuncios de la estación, pero no comprendía qué relación tenían los dos puntos entre los números.

Posiblemente. Habrían pasado diez minutos.

Había muchas personas esperando.

A lo mejor. Habrían pasado otros diez minutos más.

¿Estaría mi mamá haciendo del dos?

Seguro. Habrían pasado diez minutos tres veces. Entonces pulsé los botones rojos como signos de interrogación y reproduje algunas escenas en mi cabeza. Antes de ser arrastrado aquí de la mano de mi mamá, ¿habría pasado algo en casa? No me acordaba bien.

Se trataba de escenas entrecortadas: mi madre moviendo el ratón de manera frenética para revisar la computadora de mi padre, y abriendo y cerrando la pantalla del *chat*; la tensión de sus dedos que apagaban precipitadamente la pantalla cuando la tiré de la falda; sus pasos inquietos en la sala mientras hablaba por teléfono con alguien; al final su llanto casi como alarido; los vasos de vidrio y la tetera que volaron como una bola mal tirada entre mis padres; un bolso blanco sobre el tocador con las medicinas de mamá; mi madre que no abrió los ojos en toda esa noche y hasta la tarde del día siguiente; los pasos precipitados de la gente llevándola en camilla, junto con el llanto de mi abuela.

Si yo hubiera sido un poco más listo, me habría dado cuenta de qué significaba su larga ausencia y habría sabido que podría volver a casa con sólo decirles a los empleados de la estación los nombres de tres miembros de mi familia. Sin embargo, ese lugar era demasiado ruidoso, amplio y desconocido como para que yo pudiera razonar todo esto.

Tiempo después supe que aquélla, además de ser una estación de metro sobre tierra, tenía el andén descubierto por los cuatro costados debido a la obra de extensión de las vías. Como los trenes tardaban en llegar, parecía que podía saltar a los rieles y correr hacia afuera. Pero cada vez que me decidía a levantar el trasero y andar, me sorprendía el sonido de la campanilla que anunciaba el tren.

La verdad es que no dudaba en saltar porque estuviera la indicación de no acercarse a la línea de seguridad cuando se aproximara el tren, sino por una reacción más instintiva: hacerle caso a mi madre de esperarla ahí tranquilamente.

Con necedad la esperé sentado en una silla de plástico anaranjada mientras mecía mis pies. Estaba aburrido por no tener nada que hacer. Los trenes no cesaban de vomitar unas personas y tragar otras. Rebobinar y reproducir, rebobinar y reproducir. Al mirar los trenes perdía el sentido del tiempo interminable;

con la llegada de cada uno al andén se arremolinaba el viento.

Metí mis manos frías en los bolsillos de la chaqueta. En ellos había algunas cosas que no tenía al salir de casa. ¿Cómo no me había dado cuenta de que tenía los bolsillos repletos? En el izquierdo había unas monedas y un paquete de pañuelos de papel, en el derecho llevaba un bizcocho de luna llena. No sabía qué tan rancio estaría el pan, pero a juzgar por el hecho de que el nombre de la confitería se encontraba casi borrado, seguramente se trataba del último pan que habría quedado en un rincón del supermercado después de que todos los otros ya se habían vendido.

Cuando saqué estas cosas de mis bolsillos, supe la verdad. A la espera, al ver pasar decenas de trenes, en un principio pensé que quizá mi madre se habría desmayado como aquel día. En mi cabeza revolotearon las imágenes de mi madre que no abrió los ojos sino hasta la tarde del día siguiente, de mi abuela llorando mientras tomaba su mano, entre otras cosas. Sin embargo, lo que llevaba en el bolsillo me decía que debía soltar toda esperanza o ilusión. Ella se había ido por voluntad propia.

Primero que nada, ¿dónde me encontraba? Sabía que estaba en Cheongnyangni, ya que podía leer el nombre de la estación. Pero no sabía a qué distancia me encontraba de la casa. ¿Por qué no me había fijado en la dirección escrita en esa cinta de vinilo?

No había sentido la necesidad de hacerlo, porque hasta entonces la casa era un lugar inamovible; un lugar al que podía llegar sabiendo la distancia desde el parque o teniendo el mínimo sentido de orientación tras echarme de la resbaladilla en el jardín de niños; un lugar que se encontraba en un piso que apenas podía balbucear, porque me bastaba con pulsar el mismo número de siempre; un lugar que mis pasos recordaban sin tener que contar a cuántas puertas a la izquierda se encontraba desde el elevador.

No sabía que al encontrarme lejos de estos sitios habituales no podría encontrarle cabo ni rabo a esta madeja retorcida y enredada.

—Niño, ¿se te perdió tu mamá? –me preguntó una señora que se encontraba en un pequeño puesto al lado de las sillas de descanso y, sin mirarme la cara por estar ocupada en sus asuntos, continuó–: Han de haber pasado más de dos horas desde que te sentaste ahí. Aunque pase mucha gente, salta a la vista cuando hay un niño solo. Además, yo que soy vendedora no me olvido de las caras que veo –yo no sabía cuánto tiempo eran dos horas, pero la señora siguió–: Si bajas esa escalera, verás a los empleados de la estación. Ve y diles que te ayuden a buscar a tu mamá para que la voceen. Anda, haz lo que te digo.

—¡Yo no estoy perdido!

Bajé de la silla y me dirigí hacia el final del andén. Si me lo hubiera dicho antes de haber metido las manos en los bolsillos, habría bajado a la oficina de la estación sin chistar. Pero no ahora. Todo estaba claro por los pañuelos desechables y el pan de emergencia metidos a escondidas.

El bizcocho me recordaba el libro de cuentos ilustrados donde salían Hansel y Gretel. Hansel había logrado volver a su casa con Gretel tras ser abandonados en vano dos veces. Pero en la última ocasión no pudieron recoger piedritas porque los habían encerrado en su cuarto, así que tuvieron que esparcir pedazos del pan que los pájaros acabaron por comerse.

Aunque no tenía fundamento para pensarlo, no estaba seguro de que no me fuera a pasar lo mismo en caso de volver a casa. ¡Que me pasara dos veces! La idea en sí no la podía soportar.

Más que nada, quería saber la razón del abandono. ¿Buscaba tener una boca menos que alimentar por no tener ni para comer mañana? Eso era todo lo que un niño como yo podía imaginar.

Poco a poco iba comprendiendo y, sin embargo, no lograba formarme una idea lógica y concreta. Existirá alguna relación entre mi situación y la bolsa de medicinas en el tocador de mi madre. Quizá ella había contraído una grave e incurable enfermedad, y para no contagiarme me había abandonado así…

¡Pues, ya!

Me senté en una silla al final del andén. Me gusto esa silla porque era más tranquila que la que estaba frente a la tienda, aunque no había ningún edificio que me cubriera del viento. Allí sentado, el frío penetró por todo mi cuerpo y sentí un hambre atroz en cada poro.

Con un alegre crujido rompí la envoltura del pan con las puntas de los dedos. El pan que había estado guardado en el bolsillo de mi chaqueta era menos frío que el aire de afuera.

Como me daba lástima cortar un pedazo del pan tan blando y suave, lo acariciaba sin atreverme a probarlo. Pero de tanto manosearlo, se rasgó un poco. Lo metí en mi boca y su sabor dulce me alegró. Las migas se derritieron en la punta de mi lengua, se fundieron y enseguida desaparecieron sin dejar huella. En mi boca no quedaba más que el recuerdo de su dulzura. Antes de que se fuera ese sabor, tomé el pedacito más pequeño que me fuera posible y lo metí entre mis labios.

Sabía por instinto que éste sería mi primer y último alimento de reserva, así que tenía que conservarlo todo el tiempo que pudiera. Pero mi saliva y mis dedos traicionaban mis pensamiento. Un poco más. Un poco más.

Comiendo poco a poco de este modo, de pronto algo cremoso se pegó a mis dedos. Lo lamí. Sabía a cacahuate. Tras comer un cuarto del bizcocho había llegado al relleno de cacahuate. Aunque a mi edad no podía saber el principio económico del menor precio por el máximo efecto, intuí que era una injusticia que apenas ahora apareciera la crema.

Lo importante es que esta tardía crema despertó mis sensaciones e hizo andar mis instintos, por lo cual devoré de forma despiadada el pan de un tirón. Pronto me olvidé de comer derritiéndolo poco a poquito y le di una mordida grande. Dejé un blanco mordisco en el pan. Escurrió saliva de mi boca que se mezcló viscosamente con las migas y la crema.

"Ah, da igual, sea como sea", pensé.

Sin embargo, el bizcocho que devoré precipitadamente en medio del viento frío me dejó el estómago revuelto. Cuando lo pensé, el problema no estaba en el pan, sino en la crema que era como una bola de grasa. Al acercarse la medianoche, cuando la gente salía del último tren, me arrodillé y vomité el pan que no había digerido, espeso y húmedo, sobre el suelo del andén. Entre los pasajeros que bajaron, unos buenos samaritanos me dieron unas palmaditas en la espalda. De espaldas a ellos, escupí toda la crema de cacahuate.

—¿Dónde está tu mamá? ¡Tu mamá, niño! ¿Sabes dónde está tu casa? ¡Tu casa!

Muchas voces a la vez penetraron en mis oídos. Negué con la cabeza de forma rotunda hasta perder la conciencia por la contracción de mis órganos ahora en sentido inverso. No sabía si tenía casa o si creía tenerla, pero de cualquier modo no debía volver ahí.

Parece mentira, pero no volví a casa sino hasta una semana después de que estos buenos samaritanos me llevaran desmayado a la oficina central de la estación. Así es, pasó una semana, a pesar de que estaba reducida su área de investigación, dado que sabían mi nombre y los de mis padres, y que mi casa estaba en un lugar de Seúl.

Pasé desmayado un día completo. Los empleados, aunque preocupados por mí, no podían hacer nada porque sólo había vomitado y en caso de que llamaran a una ambulancia tendrían que acompañar a un niño que había salido de quién sabe dónde. Tampoco querían que los requiriera la policía por haber recogido a un niño abandonado ni ausentarse del trabajo por tener que dar declaraciones. Por eso me cubrieron con una sábana y me dejaron así en la oficina.

Pero al día siguiente cuando las personas que me habían llevado ahí se dirigían de nueva cuenta al trabajo me vieron a través del cristal aún recostado en la camilla. Espantados, gritaron que iban a denunciarlos en el foro de la página del servicio del metro. Estas buenas personas me sacaron de allí y me llevaron a la sala de urgencias. Allí desperté al cuarto día con suero intravenoso.

Los encargados del hospital discutieron con quienes me habían llevado, diciendo que no podían encargarse de un niño sin padres. Aunque yo ya estaba despierto, no sabía cómo resolver esta situación. Así que no respondí a las preguntas del médico y fingí no saber nada. Los empleados del hospital estaban muy molestos de que no sólo no reaccionara sino que, para colmo, no pudiera ni hablar.

Al quinto día las personas que me recogieron en la estación pagaron la cuenta que incluía tres días de hospital, varios tipos de análisis de sangre y una tomografía. Luego me llevaron a la comisaría, llenaron unos formularios y hablaron con los encargados.

—Nos dijeron en el hospital que el niño no se podía ir si no se pagaba… Pero como no hemos encontrado a sus padres… Sentimos mucho no poder cuidar de él, ya que no estamos casados… Además, como trabajamos tampoco podemos estar al pendiente de él.

Entonces, el policía les prometió que les llamarían en cuanto encontraran a mis padres para que pudieran recibir una remuneración o por lo menos los gastos del hospital. Pero ellos se rehusaron agitando las manos y pidieron que no les llamaran por cosas sin importancia, puesto que iban a olvidarse de este asunto.

—Niño, dales las gracias. Si no hubiera sido por ellos, quizá hasta te habrías muerto.

Cuando el policía dijo esto, ellos negaron con la cabeza de nuevo diciendo:

—El niño no puede entender lo que le está pasando. No le diga nada.

Por eso hice una reverencia profunda para agradecerles sin abrir la boca. Ésa fue la mejor manera en que pude expresar mi agradecimiento y pedir perdón. Si abría la boca tan pronto como se marcharan, todos sospecharían. Así que continué con mi silencio, y en cambio escribí mi nombre y el de mis padres como indicó el policía. En cuanto a las otras preguntas que me hizo, sacudí la cabeza en señal de que no sabía nada.

Mis padres tenían nombres demasiado comunes y corrientes, y como en ese entonces aún no estaban bien digitalizados los datos poblacionales, no podían mostrarme las fotos de cada nombre para comprobar al instante si eran ellos o no. Ante todo, el problema estaba en que nadie había presentado alguna denuncia por la desaparición de un niño de seis años en la última semana. El policía llamó a cada persona con esos nombres. Pero eso no era lo único que tenía que hacer; el encargado de mi caso era requerido constantemente, por lo que me dejaba de cuando en cuando solo en la silla plegable, pues debía interrumpir una y otra vez la búsqueda.

Por fin, el segundo día logró encontrar a mi padre. El policía le reclamó que no hubiera presentado una denuncia de desaparición, pero mi padre se excusó diciendo que él mismo se hallaba entre la vida y la muerte.

Cuando volví a casa, mi madre no estaba. Mi padre me llevó de nuevo al hospital. Ella no hacía sino mirar el techo blanco con la solución intravenosa en un brazo, tal y como yo había estado unos días antes. Cuando él le habló, ella volvió la cabeza hacia nosotros, pero parecía no saber quién era yo. Supe de pronto que no había tenido otra opción más que abandonarme, porque estaba enferma de verdad.

En la muñeca del brazo donde no tenía la aguja se veía una línea roja bajo la arrugada manga de la bata del hospital. Al darse cuenta de que la miraba, mi padre le bajó la manga sin decir nada.

Después de aquello, mi madre pasó casi medio mes en el hospital y me pidieron que no la molestara porque estaba gravemente enferma. Desde aquella vez no volví a hablar con ella. Pensaba que era una manera de ayudarla sin molestar. No volví a verla a los ojos tampoco y en las conversaciones entre los adultos llegué a escuchar palabras sospechosas como Prozac o Zoloft.

Tres meses después, cuando volví del jardín de niños a mi casa, mi madre no se encontraba ahí. Sin embargo, había unos tres o cuatro hombres desconocidos que sacaban fotos de cada rincón. Mi abuela estaba desmayada en el salón y toda la casa olía a orina. Del candelabro en forma de anillo estaba colgado un cinturón de mi padre.

¿Por qué lo habrían puesto ahí?

No podía entender. Lo cierto era que me aliviaba el hecho de estar en casa, aunque hubiera desaparecido mi madre. Sentía que mi realidad no cambiaba mucho a pesar de su ausencia. ¿Qué diferencia habría entre vivir con la cáscara de mi madre y vivir sin ella?

Años después me topé con varios panes que imitaban el bizcocho de luna llena de ese día, con los nombres de Luna Llena o Primera Luna Llena, pero no pude encontrar el mismo sabor de aquél que devoré en medio del gélido viento. Resultaba curioso que se tratara del pan más delicioso que hubiera comido hasta entonces, aunque lo hubiera vomitado por tener el estómago revuelto.

Seguí probando panes baratos y rancios con crema de fresa o de naranja en busca de una huella enigmática. Y al no poder encontrar el mismo sabor, sentí la eterna ausencia de mi madre profundamente.

—Ah, me habías dicho que no te gustaba el pan, ¿verdad? —dijo la chica del mostrador mientras retiraba la bandeja que tenía enfrente de mí. Levanté la cabeza de repente y ella continuó—: Es que me pareció absurdo que lo dijeras aunque lo comprabas casi a diario. Pero ahora que sé tu situación, entiendo que lo comprabas sólo porque no querías cenar de forma incómoda con tu familia. Entiendo que compraras varios tipos de panes para aliviar, aunque fuera un poco, el hastío de comer siempre lo mismo.

Negué lentamente con la cabeza. Era verdad que el pan tenía un poder superior para recordarme mis fastidiosas circunstancias pasadas y presentes al mismo tiempo. Y, sin embargo, parecía que podría gustarme el pan que hacía el mago de esta tienda. Porque su pan, si bien era en potencia peligroso al darle un mal uso, en lugar del pasado o del presente contenía el futuro.

El pretzel de nuez
y el muñeco vudú de mazapán

En el día el pájaro azul era una chica y al ponerse el sol se volvía un ave. Debido a esto no siempre terminaba su trabajo a la misma hora. En verano cambiaba de forma un poco más tarde, y cuando llovía o durante el invierno se transformaba en ave relativamente temprano.

Y era en ese momento cuando el dueño empezaba su trabajo nocturno. Él casi no dormía. Para despachar los pedidos de internet que se acumulaban durante el día elaboraba los ingredientes y envolvía para el envío los panes durante la noche. Este proceso solía realizarlo en el cuarto dentro del horno, y cuando el sonido de la campanilla indicaba la llegada de un cliente, lo recibía fuera del taller. Por supuesto que tras mi llegada, yo me encargaba de imprimir los pedidos y envolver los panes más simples a cualquier hora.

Si él necesitaba una cama tan lujosa era porque una vez al mes, puntualmente en luna llena, dormía como muerto por veinticuatro horas seguidas. Sólo en ese día dormía todo el sueño de un mes y la panadería cerraba sus puertas, así que el ave azul se transformaba en una chica y disfrutaba del día libre como lo haría cualquier persona al ir de compras o ver películas.

Y cuando lo reflexioné noté que era verdad que todos los días de luna llena la panadería había estado cerrada, por lo que varias veces tuve que volver sobre mis pasos sin poder comprar pan. ¡Un mago que dormía como muerto cuando había luna llena imposibilitado para usar su magia, como un semimonstruo u hombre lobo que hechizado por las brujas estuviera destinado a vivir una existencia incompleta! ¿Qué soñaría al dormir todo un día en el cuarto dentro del horno?

Ese día libre de luna llena el pájaro azul decidió quedarse a acompañarme en vez de salir de compras.

Ya había comenzado la tercera semana de las vacaciones de verano. Pero, a pesar de que sentía que no podía quedarme más tiempo, no me era tan fácil partir. Al cabo de más o menos una semana de mi llegada a la panadería, el dueño me había lanzado esta pregunta:

—¿Todavía no te has decidido?

Pero fuera de esa vez, ya no volvió a apremiarme sobre mi vuelta a casa.

Para responder con un: "Volveré lo más pronto posible", puse tanto esfuerzo en pronunciar cada palabra que podría haberme salido humo por todos los poros del rostro. Pero a mitad de la frase me interrumpió, poniendo una mano sobre mi cabeza, y dijo:

—Puedes quedarte aquí el tiempo que quieras.

Desde el principio supuse que no era malo ni tenía malas intenciones. Aunque a veces parecía neurótico y se comportaba mordaz con los clientes, también solía esforzarse por atenderlos o mostrarles comprensión sin que se lo pidieran. Me hacía sentir que por mis venas se extendía un calor parecido al del pan recién horneado.

"¿Y si me quedara a vivir aquí…? –pensé–. No, no. Eso sería como un sueño y a mí no me pasan cosas así."

Al principio mi objetivo era esconderme, pero luego tuve ganas de observar a estos dos un poco más. Quería descubrir qué deseos humanos se habían infiltrado en la masa de los panes que él horneaba y qué pegajosa malicia colgaba de la mermelada untada en ellos.

Cuando me encontraba recibiendo nuevos pedidos en línea y organizándolos en una lista, volteé a verlo dormir acostado de lado, con la frente casi pegada a la pared fría, en una cama tan grande como un estadio. Se me figuraba que sobraría espacio incluso si un elefante se acostara a su lado.

—Pa…pa-re…ce in-incóm-modo.

Aunque lo dije en un murmullo, la chica me tocó el hombro con los dedos, tapó sus labios con el índice e hizo un ademán indicando que nos fuéramos. Abrimos la puerta del horno y salimos hacia la tienda. Con las cortinas cerradas, no entraba la luz del sol y la tienda estaba a oscuras.

—Sus sentidos son muy agudos, por lo que el sonido de una gota de agua al caer del grifo haría que se revolviera en la cama. Hay que dejarlo dormir bien. Si no, se pondrá neurótico todo el mes o, por lo menos, una semana entera.

—Pe-pero a-así...

Aunque durmiera profundamente, con aquella postura le dolerá todo el cuerpo cuando se despierte.

—Duerme en esa postura incómoda para evitar los asaltos de los súcubos. Si durmieras sólo una vez al mes, a ti tampoco te gustaría que te molestaran ni las moscas. Y aunque él sepa prepararle a la gente pociones para proteger sus cuerpos, en él no surten efecto. Como te habrás dado cuenta, él no es muy amigable que digamos, por lo que hay muchos seres que lo odian y lo acechan... Incluso en esa postura no duerme tan mal, basta con no despertarlo. Pero más allá del mal humor, si no logra un sueño profundo y se despierta a cada rato... perderá la postura y será más fácil que los súcubos encuentren la parte más vulnerable de su sueño. Si eso ocurriera, sufriría de pesadillas toda la noche.

—Y en-en...tonces, ¿mori-ría?

Ella, tratando de contener la risa, negó con las manos.

—Puede ser que a una persona normal le diera algún tipo de ataque. Pero él no es tan débil. A pesar de eso, me ha confesado que sufre como el resto de la gente... tanto que en sueños, dice, llega a pedir a gritos que lo maten, y que si en el sueño le cortan una mano, al despertar le sigue doliendo en carne viva, aunque aún la tenga en su lugar. Yo no sé cómo sea, porque nunca he tenido sueños así, pero es evidente que no podría ser nada bueno si lo mismo le pasara a una persona común y corriente.

¿Lo que quería decirme era que él tenía que luchar contra seres que buscaban la oportunidad de acabar con él mientras sufría día a día la falta de sueño? ¡Qué vida tan pesada la suya! ¿Para qué vivir soportando los escarnios de la gente a la que le había compartido su poder si con su magia parecía no tener la necesidad de meterse en tales engorros?

—Pues, yo no soy un mago y no sé si puedo decirte estas cosas, pero no le digas a nadie que yo te conté. Lo hace para equilibrar el mundo material –dijo el ave azul–. La mayor parte del universo está constituida por lo material y lo inmaterial, y por todas partes hay fuerzas invisibles que no pueden explicarse de manera científica ni son perceptibles a simple vista, pero pueden transformar el mundo material. Son sobre todo chamanes, seguidores de alguna religión especial, magos o hechiceros quienes se encargan de esas fuerzas, aunque a veces lo hace alguna persona común y corriente. La transformación se logra por medio de la energía que producen los rencores de la gente. La acumulación de esa fuerza invisible va produciendo una distorsión en el mundo material que conduce a un desequilibrio del mundo a largo plazo.

"En consecuencia –me dijo–, el mundo material e inmaterial que alguien altera en otro lado deben restaurarse desde aquí. Los magos del universo viven sujetos al dilema de desaparecer todos de una vez o de coexistir todos juntos. Y así será mientras la gente albergue deseos en su corazón, es decir, continuará mientras existan los seres humanos.

"Por poner un ejemplo común, una mujer ordinaria no podría levantar un automóvil con una sola mano, ¿cierto? Aunque el freno de mano estuviera flojo, lo más que podría hacer sería empujarlo hacia adelante o atrás. Sin embargo, al ver a su hijo aplastado, ocurre a veces que una madre levante sin dificultad un camión con ambas manos. ¿Crees que esa mujer podría levantarlo de nuevo si se lo pidieran? Por supuesto que no. ¿De dónde vendrá ese fugaz despliegue de fuerza? Porque aunque la adrenalina explote de repente, efectivamente hay un límite en lo que respecta a la fuerza física. La gente lo llama milagro, pero nosotros consideramos que esa energía viene del mundo inmaterial. Y entonces, ¿qué le pasaría al mundo material si todos pudieran hacer milagros cuando quisieran?

"Por mucho que se desarrollara la teoría de la probabilidad, eso no pondría un fin absoluto a las casualidades y los milagros. Al estallar una fuerza anormal en un lugar, una fuerza de otro tipo o del polo opuesto se acciona en un sitio diferente para equilibrar la cotidianidad, de modo que se vuelva a tensar esa energía que se estiró de más. Este proceso representa la lógica de generación y extinción.

"Cuando no desaparece lo que debía desaparecer, la fuerza de los elementos que componen el universo busca compensar esa falta. De esta manera se mantienen las reglas y el orden generales, para que no haya alteraciones en el axioma final de la divinidad, es decir, en el fundamento y la esencia. Por lo tanto, el hecho mismo de ser mago es tanto un destino como un tipo de karma, y dista de ser un dulce sueño o una diversión como lo pintan en los cuentos de hadas."

Le pregunté qué pasaría si no fuera una obligación *proteger el universo*; si cuando ocurriera un fenómeno extraordinario en alguna parte que produjera una ruptura en el mundo material y una torcedura en el mundo inmaterial, y este planeta fuera tragado por un agujero negro, ¿no podrían nada más quedarse con los brazos cruzados? Incluso pensé que si el mundo se acabara, me daría cuenta de lo pequeños y fútiles que son mis insignificantes problemas.

—Desgraciadamente los magos no tienen elección –dijo.

El ave azul comentó que el mago tenía los cinco sentidos abiertos a todos los elementos invisibles del universo, donde una fuerza atrae como un imán a la fuerza del extremo opuesto; que el mago podía percibir el animado movimiento de los elementos en ese campo magnético y que estaba consciente de que él mismo no era sino un elemento más del gran principio integrador del universo. De modo que, ajeno a su voluntad y sin siquiera notarlo, al igual que unas personas nacen mientras otras se convierten en polvo volviendo a la tierra, él también estaba moviéndose de acuerdo con ese principio por mucho que rechazara su destino.

Si por medio de la voluntad inmaterial se pudiera decidir el sitio que se va a ocupar en esta vida, yo no habría elegido este lugar. Como siempre he recalcado, *a mí simplemente me había tocado existir aquí.* Si sólo me tocó estar aquí, ¿por qué la maestra Be será…?

—La relación entre destino y fenómeno es como la del huevo y la gallina —continúo el ave—. Desde una perspectiva un tanto religiosa, la existencia de todos los humanos y todas las cosas tiene un motivo. Sin embargo, la idea que tiene el mago es diferente. Él piensa que estos seres que existen casualmente sin ningún objetivo ni voluntad van creando sus motivos al buscarse los unos a los otros. Y los motivos creados de este modo se dispersan dando lugar al gran principio o destino, según su hipótesis. Está bien si tú lo ves de otra forma de acuerdo con tu propia situación, porque aunque él escucha la música del universo, no la conoce a la perfección. Si así fuera, su cuerpo y alma ya se habrían descompuesto en moléculas transmutando en un estado diferente a la existencia y a la no existencia.

Justo en ese momento alguien dio una violenta patada en la cortina afuera de la tienda, cortando nuestra discusión acerca de las leyes que rigen el universo.

—¡Me lleva…! ¡Por qué carajos está cerrado si no es domingo!

Se escuchaban los insultos desde afuera. La chica y yo nos levantamos instintivamente.

—¿Qué es esto…? ¿No abrimos el 15 de este mes? Ah, no es posible. ¡Oigan! ¿Hay alguien ahí adentro? ¡Abran la puerta!

La voz de la mujer se entremezclaba con el tintineo de la campanilla al sacudirse. Pero no parecía ser la voz de la maestra Be ni de alguna de mis conocidas.

El ave azul señaló con la cabeza hacia el taller mientras me miraba.

—Vete para adentro. No sé qué le pase, pero lo mejor será abrirle y hablar. Si no va a despertar al dueño con tanto escándalo.

Como no sabíamos de quién se trataba, yo me escondí en el taller, ella abrió la puerta y levantó la cortina.

—Buenos días. Como podrá darse cuenta, hoy no trabajamos. Y el poco pan que queda es de ayer .

Más allá del mostrador de cristal, vi a una mujer que entraba a la tienda empujando por el hombro al pájaro azul convertido en chica.

—¿Crees que vine hasta aquí a golpear la puerta sólo por unas migas de pan? Ni que fuera la única panadería que hay. Ya no me repliques y dile al dueño que salga. Quiero ver al dueño.

—Lo siento, pero el dueño no se encuentra hoy. Frente a la tienda hay un letrero que indica claramente que hoy no abrimos... Y si usted compró productos por internet, el día que no laboramos está anunciado en la página web también. Como verá, cada inicio de mes anunciamos el día de descanso correspondiente en un lugar destacado.

—¿Qué haces tú aquí, entonces?

—Yo he venido sólo un rato para limpiar la tienda. Siento que haya malgastado su tiempo, pero, por favor, vuelva otro día. O si gusta dejar un comentario en nuestro tablón de anuncios de internet, nos encargaremos de su asunto lo más pronto posible.

La mujer dejó caer su bolso en el mismo lugar en el que se había sentado la chica del uniforme unos días antes. Su forma de echarse sobre la silla recordaba la de un estafador de ésos que pretenden haber sido heridos y se tiran en la calle sólo para cobrar un seguro.

—Es un caso urgente, ¿puedo llamarlo por teléfono?

—Él no se encuentra en su casa y además no tiene teléfono celular. Le agradecería su comprensión.

—¿Quién se va a creer la mentira de que en estos días haya alguien que no tenga teléfono celular?

—Todavía queda mucha gente en el mundo que no quiere estar atada a las máquinas. Pero ya que ha venido hasta aquí, le pido que tome un descanso. Si gusta, le preparo un té.

El pájaro azul sonriendo alegremente puso agua en la cafetera eléctrica. Al verla atender así a una clienta tan grosera, confirmé que tenía muy buen carácter. Aunque a lo mejor sólo estaba pensando en que lo principal era no despertar al dueño.

Me había contado que sólo una vez vio lo que pasaba cuando se enojaba de veras: él dio un puñetazo en el muro y en ese instante se encendió un fuego que se extendió a lo largo de la pared en un santiamén y se esparció hasta la tienda de al lado sin dar tiempo a que el ave azul pudiera intentar tranquilizarlo. Al final vinieron los bomberos. Por eso, me dijo, que el hecho de atender a los clientes de manera tan ruda era de lo más normal. Le pregunté por qué se había crispado hasta el punto de provocar un incendio, pero ella sólo sonrió sin responder.

La mujer tomó un pequeño sorbo del té que le sirvió el pájaro y dijo:

—Bueno, como trabajas aquí, dime tú. Me urge comprar en este mismo momento el muñeco vudú si lo tienen en existencia.

La mujer vino con el único objetivo de comprar el muñeco vudú que habría llegado en cuatro días a su casa si lo hubiera comprado por internet. ¿A quién necesitaría maldecir con tanta urgencia?

La forma del muñeco vudú que hacían aquí era un poco diferente a la típica figura antropomórfica hecha de paño blanco que imaginamos. Tenía también una forma humana, pero era una galleta del tamaño de una mano de adulto elaborada con almendras de Jordania, nueces y mazapán que al tacto se sentía como arcilla.

Dentro del mazapán estaban representadas las entrañas con gelatina de varios colores y el esqueleto estaba conformado por unas galletas largas tipo chocolate Pepero.* En la parte delantera del cuerpo, una marca pequeña de cuchillo indicaba dónde colocar las uñas o el cabello de la persona que sería objeto de la maldición.

Entre los comentarios y calificaciones al producto había uno en donde la persona decía que se había comido todo el muñeco masticándolo muy bien, de modo que la maldición surtiera efecto por completo. Pero yo pensé que la mayoría de las personas no sería tan minuciosa a la hora de comerlo, dado que los ingredientes eran tan dulces que el sabor resultaba raro. Sin embargo, considerando el carácter violento de la mujer que había visitado la tienda hace un rato, ella parecía estar más que dispuesta a masticarlo bien.

* Se trata de un dulce muy popular en Corea del Sur, consiste en un bastón de galleta cubierta, por lo regular, de chocolate. [Nota de la editora]

El pájaro azul sonrió con perplejidad como preguntando por qué quería ése de entre tantos artículos y dijo:

—El muñeco vudú no lo tenemos en existencia. Lo elaboramos en cuanto recibimos un encargo por internet. No sólo ese muñeco, todos los productos los hacemos en cuanto llegan los pedidos. Si los tuviéramos dando vueltas en un almacén, al final las maldiciones no tendrían efecto, ¿no cree?

—Pues, por eso te estoy diciendo que lo hagas ahora. ¿Acaso no puedes?

—Eh, es que yo no soy aprendiz ni nada por estilo, sólo soy una empleada.

—¡Pues, qué empleada tan inútil! A todo lo que te pido, dices que no.

Cuando un hombre ve que una chica buena y bonita está en apuros, tiene que atreverse a ayudarla, de lo contrario no es digno de ser llamado hombre. Pero creo que no tengo madera de macho, pues se me ocurrió que, aunque yo interrumpiera, tartamudear en una situación así sólo causaría más problemas.

En ese momento salté asustado debido a una mano grande y cálida que se posó en mi hombro. Levanté la cabeza y vi al dueño mirando afuera del taller con ojos que no mostraban ni una pizca de somnolencia.

—Dado que se trata de magia negra que causa daños en un cuerpo ajeno, se debe manipular con especial cuidado. No es algo que pueda hacer cualquier persona como yo.

La chica seguía atendiendo profesionalmente a la clienta de mal carácter.

—Entonces, me estás diciendo que después de encargarlo por internet, si meto los alfileres en sus ojos, ¿puedo dejar ciego a alguien? O que si los meto en el corazón, ¿puedo hacerlo morir?

—Antes que nada, tiene que conseguir el pelo o las uñas de esa persona y ponerlas en el muñeco. Pero más que eso… si usted está buscando un muñeco vudú para matar a una persona, será mejor que lo busque en otra parte. Como ya habrá leído la explicación del producto en la página web, el panadero siempre los elabora sin corazón, porque por más profundo que fuera su rencor, un ser humano no puede exterminar a otro por ningún motivo.

—Cállate ya. ¿Cómo pueden decir que es un muñeco vudú o que se trata de magia negra si ni siquiera se puede matar a alguien con eso?

—¿¡Qué escándalo es éste!? A ver, ¿qué se te ofrece?

Por fin, el dueño salió y se detuvo ante la caja. El pájaro azul se sobresaltó al verlo despierto y se cubrió la boca con una mano. La clienta se volteó a mirarla y soltó una risa.

—¿Se estaban burlando de mí los dos juntos? Con que el dueño no estaba, ¿no? ¿A quién cree esta tipa que está engañando?

—¡Suficiente! –interpeló el dueño cambiando su tono de voz y la mujer dejó de hablar–. Si la sigues atacando, no me hago responsable de lo que te pasará después. Y piensa quién está molestando a quién, cuando eres tú quien irrumpió en mi tienda.

La mujer guardó silencio un momento y luego respondió:

—Parece que amenazar a los clientes es lo que mejor hacen en esta panadería.

—Si crees que sólo se trata de una amenaza, hazle como quieras.

La clienta volvió a sentarse sabiendo que no le quedaba otra opción y masculló malhumorada:

—Pues, lamento haber hecho tanto escándalo. Pero es que así de grande es mi urgencia. Ayúdeme, por favor.

El dueño hizo una pausa como si todavía no tuviera la mente totalmente despierta y luego dijo:

—¿Dijiste que querías el muñeco vudú? Como no es un encargo normal, aunque se trate de uno o de diez, me tomará todo un día hacerlo, por lo que es mejor que vuelvas a casa y esperes. El día de hoy no puedo hacer nada. Así que si vives en Seúl, pasado mañana te lo enviaré por entrega exprés. Y debes pagar al recibirlo.

De repente, la actitud de la mujer cambió y pidió implorando:

—¡No! Pasado mañana será demasiado tarde. Entonces la policía ya lo habrá liberado y es probable que esté merodeando por mi casa.

El dueño replicó irritado.

—No sé a quién te refieres, pero si lo prefieres, espera aquí sentada hasta pasado mañana.

—Así lo haré. Entonces, ¿sí me lo va a hacer?

De repente ella lo aceptó todo simple y tranquilamente. Como para evitar dejarse maravillar por la tenacidad de la mujer, el dueño exhaló un suspiro y se puso a hojear el libro de cuentas que estaba al lado de la caja.

—Dime tu nombre y número de teléfono. Y, dado que los necesitarás más tarde, dime si has conseguido el cabello y las uñas de esa persona.

—Por supuesto que sí. Eso pensé al arrancárselos. Mi nombre es…

Él buscó el nombre de la mujer en la lista de clientes de la tienda en línea y le preguntó:

—¿Tu nombre de usuario termina en 82 y los cuatro últimos números de tu teléfono son 7648?

—Sí, así es. ¿Acaso hay alguien más que se llame como yo?

—No, no es eso… Es que aquí tenemos la lista de pedidos de la tienda en línea de los últimos cuatro meses.

—Sí, más o menos entonces fue cuando compré el *pretzel* de nuez.

—Entonces espero que mis suposiciones no sean ciertas –dijo el dueño tras una pausa–, y que no vayas a usar el muñeco vudú con la misma persona a la que le diste el *pretzel*.

—Pues sí es la misma persona, ¿qué tiene de malo? –preguntó la clienta inclinando la cabeza en señal de duda.

—Entonces no puedo aceptar tu encargo –dijo el mago mientras cerraba el libro con violencia–. Ya basta de que estés jugando con la gente.

—¿Por qué? ¿Por qué no? Si lo que hacen ustedes es jugar con el cuerpo y el alma de las personas, ¿qué hay de malo en que yo me aproveche de eso?

Artículo: **Pretzel de nuez**
2 piezas
10,000 wones

Ingredientes: nuez, harina de media fuerza, levadura seca, sal, azúcar, agua, canela en polvo, polvo para hornear, aceite de oliva, jugo secreto especial de casa.

Detalles: Déselo a comer a su amor no correspondido. Aunque la duración del efecto puede variar según la constitución física, durante un promedio de cuarenta y ocho horas esa persona no podrá quitarle los ojos de encima y se sentirá atraída por usted. ¡Está en sus manos la posibilidad de adueñarse por completo de esa persona que ahora le tiene una simpatía profunda! Si por este medio logra conseguir su amor, con ella tendrá un lazo tan fuerte e imposible de cortar como una cadena.

Instrucciones de uso: A las cinco de la mañana del día en que lo quiera emplear, ponga el producto hacia el oriente antes del amanecer y repita lo siguiente: «Por favor, ayúdame a atar con fuerza a mí, el corazón de _____ y que ese lazo no se rompa nunca». Si estas palabras mágicas tienen éxito, una cadena invisible atará fuertemente los corazones de ambos. Tenga en cuenta que no se puede romper a diestra y siniestra el lazo que nació al utilizar este producto. Así que antes de comprarlo considere con seriedad si ésta es la persona adecuada para usted. No olvide que si intenta romper por fuerza las cadenas que se ataron, éstas irán tras de usted para ahorcarlo.

Siempre hay que tener cuidado con las emociones que se elevan de manera explosiva, sin importar de qué tipo sean éstas; pues el origen de la energía que provoca conductas irracionales suele estar relacionado con el de los deseos. Como es posible constatar en los textos religiosos desde la antigüedad, el amor exagerado con un punto de ebullición bajo conduce a la agresión y la violencia.

Supongamos que los sentimientos humanos fueran como una masa de harina de trigo. Aunque yo todavía no me había enamorado de nadie, cuando se diera el caso de que apareciera una chica que mereciera mi amor, con esa masa de sentimientos yo haría un fideo lo más largo y fino posible. Tan largo y fino como el fideo hecho por un artesano muy hábil. Para sentimientos cortos y gruesos, me bastaba con la ira.

Al parecer esta clienta había tenido un amor corto y grueso. Le regaló a la persona de quien se había enamorado a primera vista el *pretzel* de nuez y así logró acercársele. Pero ese sentimiento tenía una caducidad de tres meses. El amor no puede competir ni con el tiempo de caducidad de una lata de atún en conserva.

Sí, era una historia común y corriente: un presidente del consejo estudiantil con don de mando y de carácter amistoso, y una de las integrantes del consejo. Cuando, tras un año en el cargo, él se retiraría ella le dio el *pretzel* diciendo que esperaba que a los dos les fuera bien en su búsqueda de trabajo. Hasta entonces había pasado por alto el hecho de que él venía de una familia pobre, pues ella "creía más en el carácter extrovertido y en el futuro de ese chico", según las propias palabras de la clienta.

Tras graduarse, él se convirtió en un ejemplo típico de desempleo juvenil y su complejo de inferioridad hacia su novia de clase media se agrandó al igual que su turbación. La oportunidad de obtener un empleo, que había parecido que sin dudas conseguiría gracias a su experiencia como presidente del consejo estudiantil y a su red de conocidos, se vino abajo unas diez veces en dos meses.

Su complejo de inferioridad se intensificó y con esto comenzó su arrebatado acoso hacia la chica. Si ella daba un paso, él se le acercaba cinco. Ella comenzó a temerle. En una ocasión en que no pudo contestar una de sus llamadas, él llegó a quitarle el teléfono con la intención de borrar todos y cada uno de los números de amigos varones que ella tenía almacenados. Al querer recuperar su teléfono, ella se le lanzó encima en repetidas ocasiones, pero él en su embriaguez la azotó con fuerza contra el piso. En lo que ella tardaba en volver en sí, él borró sin excepción todo número que tuviera un nombre masculino. Entre ellos había compañeros de la facultad, profesores de la academia a la que iba por necesidad, profesores de su departamento y hasta amigas que tenían nombres que parecían de chico. La mujer sintió más temor que ira y terminó con él con un mensaje de texto.

Entonces él empezó a visitar la casa de la chica cada dos días sin falta. Justo en esa época terminaban los exámenes finales y empezaban las vacaciones, por lo que ella se fue por dos semanas a casa de un pariente que vivía en el extranjero. Quién sabe cómo se habrá enterado de la fecha y hora, pero a su regreso él estaba esperándola con ojos asesinos en el aeropuerto de Incheon.** El hombre la arrastró del pelo por todo el piso y sólo hasta que un guardia lo detuvo ella logró escapar. Después de esto, permaneció encerrada en

---

** El Aeropuerto Internacional de Incheon es el más grande y moderno de Corea del Sur, y uno de los más importantes y avanzados en materia de tecnológica de la región asiática. Fue inaugurado en 2001 y, por el tráfico de mercancías que pasan por él, ocupa el quinto lugar en el mundo en importancia. [Nota de la editora]

casa hasta hoy, cuando salió tras revisar con cuidado los alrededores.

—¿No cree que tengo suficientes razones? No es que lo haya abandonado porque me molestara. Es porque mi vida corre peligro. Si lo hubiera dejado por ser pobre, por no tener coche, por haber salido de una universidad mediocre, que no le aseguraba un futuro brillante, entonces sí sería una sinvergüenza. Pero le digo que no soy una interesada. Estoy estudiando arduamente para los exámenes de oposición para los cargos de funcionario público y además no tengo ni un bolso Louis Vuitton, de ésos que se pueden ver al menos cada cinco minutos al caminar por las calles. Si de verdad quisiera romper la relación por esas razones, desde un principio no habría comprado el *pretzel* para él, ¿no cree? Si yo lo elegí cegada por un momento, ahora quiero cegarlo a él para que no pueda verme nunca más.

Desde la perspectiva de alguien sin ninguna experiencia en relaciones amorosas como yo, que ella hiciera tantas veces énfasis en su conducta me causó desconfianza. Además, me parecía que las razones de interés que ella negaba podían ser suficiente fundamento para su separación, pero el dueño no le refutó nada.

—Por supuesto que me da lástima tu situación, pero... no se puede alterar el hecho de que has sido irresponsable. Por eso indico varias veces por escrito, al principio de la descripción del producto, que se debe reflexionar seriamente antes de hacer la compra.

—¿Quién no se ha equivocado alguna vez en la vida? ¿Acaso usted nunca ha hecho una mala elección?

En ese momento vi que hubo un ligerísimo cambio fugaz en la expresión del dueño. Intuí vagamente que habría alguna relación entre esa expresión y aquel incendio en la tienda. Tras una pausa, él contestó:

—No estoy diciendo que haber tomado una decisión incorrecta sea malo. Lo que quiero decir es que debes ser responsable de las consecuencias de esa elección. Pues si sigues dependiendo de las fuerzas invisibles para hacer frente a las consecuencias, tus decisiones derivarán en una dirección que no tendrá vuelta atrás... Además, aplicar dos poderes por completo contrarios en una misma persona en menos de un año también representa un problema, ya que en ese caso seguramente sufrirás los efectos secundarios. No sé si te podré convencer con un ejemplo más simple. Supón que si él se quedara ciego, te puedo asegurar que tú también perderías por lo menos un ojo, bien por un accidente o por cualquier otro motivo.

Él explicó como si se tratara del menú del día un hecho que a cualquiera le resultaría horrible. La mujer se estremeció y, tras una pausa, repitió con voz temblorosa:

—¿Es decir que debo perder una parte del cuerpo para que funcione este asunto? ¿Perder un ojo?

Sin vacilar, el dueño se mostró aún más mordaz.

—Quiero decir que perderás al menos un ojo. El número de posibles casos es ilimitado y tampoco existe una guía predeterminada. Podría ser un ojo o los dos, o la cara entera o el hijo que tendrás en un futuro. Nuestro trabajo va de acuerdo con los principios generales de la homeopatía y la correspondencia de uno a uno. Sin embargo, el resultado que recaerá sobre ti es proporcional al tamaño del dolor que haya recibido el otro. Por lo que no es importante la parte del cuerpo de la que se trate, sea un ojo o una pierna. ¿Seguro que estás preparada para perder cualquier cosa?

¿No fue demasiado severo lo que dijo sobre el niño que ni siquiera se sabe si va a existir? Pero para el mago debía ser un asunto natural. Una chica común llena de vanidad se dedicaba a hilar hilos de oro. Un hada los hiló todos en un día por ella y le dijo que la haría reina si a cambio le entregaba a su primogénito. La chica se lo prometió ingenuamente, pero al dar a luz se rehusó a cumplir con su promesa. Así que el hada le dijo que la perdonaría si lograba adivinar su nombre en tres intentos… En resumen, la chica empleó a un espía y descubrió el nombre del hada, Rumpelstinskin, y así se adueñó de todo: los hilos de oro, la corona y el hijo. Parece que desde siempre quienes han tenido estos poderes ocultos han hecho negocios desventajosos a causa de la avaricia de los hombres.

La mujer estaba en silencio.

—Aunque no digas nada, es obvio que no estás preparada para esto. Así son todos aquéllos que sólo saben pedir que le vaya mal al prójimo. Será mejor que esta vez actúes con más prudencia… Es todo lo que te quería decir. ¿Por qué no vienes después de meditarlo?

—De acuerdo. Volveré después de pensarlo bien –contestó ella tras una pausa.

Él ya se había dado la media vuelta y casi dentro del taller, dijo:

—Aunque causes molestias en el negocio, puedes quedarte sentada en esa pequeña silla hasta que termines de organizar tus ideas, ya que dices que es peligroso volver de noche.

—No me es posible volver a casa a estas horas, pues en verdad es muy riesgoso y además vivo muy lejos. ¿Qué hago? –se preguntó a sí misma–. Creo que iré a dormir a un sauna, porque hace mucho que no he ido a uno.

El dueño volvió a la habitación dentro del horno y se echó sobre la cama dando la cara a la pared. Su almohada era tan suave y cómoda que apenas con posar la cabeza en ella se cerraban los ojos, y la colcha era tan blanda que no hacía ruido al rozarla. Pero él tenía que dormir de lado en un rincón para evitar los ataques de los súcubos. Yo había imaginado que al dormir una vez al mes caería en un sueño dulce y crocante como la pasta de hojaldre, aunque la realidad era que no pasaba de tener un sueño ligero que apenas le servía para quitarse la fatiga física.

Sentía un poco de lástima por el mago que no podía soñar. Por él, quien probablemente pensaba con cinismo que el sueño de los humanos no era sino un alucinógeno innecesario. Él, quien era capaz de leer símbolos y clasificaciones en los sueños ajenos, era incapaz de apropiarse de esos sueños. Pues todo lo que nosotros menospreciamos como simples fantasías eran para él una realidad evidente.

Él, quien mientras ayudaba a realizar los deseos de aquéllos infinitamente torpes a los que a veces no les quedaba más opción, no tenía ningún deseo para sí mismo. Él, quien al merecer el agradecimiento de la gente, recibía en cambio reproches a causa de los resultados inesperados. Tal vez a la gente le resultara cómodo tener a alguien a quien recriminarle: "Usted tiene la culpa por haber hecho esa cosa tan extraña. Si eso no existiera, ni siquiera habría pensado en romper las reglas…"

Me pregunté si el mago haría el muñeco vudú en caso de que la mujer volviera después de pensarlo y prometiera dar en ofrenda cualquier parte de su cuerpo o un pedazo de su alma.

—… No volverá más.

Murmuró dando la espalda. ¡Eh!, ¿qué no estaba dormido?

—No podría volver. Dicen que el cuerpo humano es el universo en sí mismo, y aun así es demasiado pequeño y exiguo como para entregarlo incluso por amor. Ya no se diga por odio.

Su voz se atenuaba en *pianissimo* conforme se iba hundiendo en el sueño.

—Yo no soy quien para darte consejos dado que me dedico a estas cosas... pero tú no hagas tonterías como ésta.

Volví a la tienda tras comprobar que el movimiento de sus hombros se acompasaba con su respiración.

No podía ver nada en la tienda con las luces apagadas, pero un aroma agradable y profuso me cosquilleaba la nariz. Cada vez se me hacía más evidente el hecho de que este espacio colmado de olores dulces era en realidad el sitio donde se creaban cosas que si bien ayudaban a unos, destruían a otros.

Me senté frente a la caja y al poner la mano en el aparador toqué un plato terso de melamina. Había en él unos caramelos pequeños para los clientes que estuvieran esperando sus productos. Al roce de mis dedos, las envolturas crujieron. Abrí uno con cuidado. El sabor a limón con una redondez perfecta y adecuada tomó por asalto mi boca.

A diferencia de lo que sucede en los cuentos antiguos, la razón por la que los contemporáneos necesitan con urgencia de bizcochos mágicos no suele ser por un apremio del orden físico o material, sino por problemas abstractos y sentimentales. Los sentimientos sobrecalentados son invisibles, por lo que pueden elevarse indefinidamente como un globo lleno de hidrógeno. El punto en común entre los sentimientos y los globos es que ambos explotan a una altura donde ya no alcanza la vista.

En cambio, cuán áridas y trágicas resultan las realidades que rebotan cual pelotas o cuerdas de columpio. Porque no pueden subir más que hasta donde llega la vista y bajan sin poder soltarse de la fuerza con que la tierra tira de ellas.

Entonces, al estar bajo el seguro refugio de la panadería del mago, me negaba a caer a la tierra, aun sabiendo que no podía quedarme ahí para toda la vida y que tendría que bajar en algún punto. Si no me movía, nada iba a cambiar. Pero había algo que sabía: para terminar la pelea tendría que volver a casa, enfrentarme con mi padre o con la maestra Be, y probablemente someterme a investigaciones más o menos exhaustivas, según las medidas que ella hubiera tomado. Y sabía que debía pedirles disculpas, sin saber con exactitud por qué, para mantener las llamadas obligaciones familiares. Pero no estaba seguro de que la maestra Be quisiera seguir manteniendo su vida matrimonial con mi padre si para entonces ella continuaba pensando mal de mí.

Sin embargo, sabía que no podría evitar todo eso.

Aunque la realidad era amarga, en mi boca tenía un sabor dulce.

Al día siguiente salió en las noticias que hubo un gran incendio en el Sauna Herbhill donde resultaron lesionadas veinte personas entre empleados y usuarios. Reportaron que una mujer sufrió heridas graves y que el presunto pirómano, un tal Kim de veintisiete años, fue detenido. Kim insistía en que la mujer que sufrió quemaduras de segundo grado en todo el cuerpo era su novia, pero ella lo negaba rotundamente. Añadieron que la víctima estaba en espera de su primera operación tras recibir los primeros auxilios y que por el trauma sufrido mostraba ligeros signos de esquizofrenia.

El ataque del súcubo

Eso fue lo que ocurrió entre la noche y la madrugada de aquel día. El dueño, que tiene los sentidos muy agudos, se despertó, discutió con la mujer que pedía el muñeco vudú y se volvió a dormir.

Una vez que se disolvió por completo el caramelo en la punta de mi lengua, yo también volví a mi lugar y me quedé dormido. Al decir *mi lugar* siempre me refiero al suelo. El dueño había dicho que yo podía dormir en esa cama que él casi nunca usaba, pero yo me empeciné en dormir en el suelo durante unas semanas.

La verdad era que al recibir su ayuda tan descaradamente estaba de más que me aferrara a aquel lugar incómodo. Y sin embargo, no podía acostumbrarme a los numerosos relieves geométricos en las patas y el marco de esa lujosa cama ni a la colcha suave como algodón de azúcar; por eso no quería ni siquiera recargarme en ella. Si me dejaba envolver por esa finísima colcha de satén, me forjaría la ilusión de que estaba en el fin del mundo y no querría volver de nuevo a ningún otro sitio. Si dejaba que me envolviera el cuerpo y el alma, me olvidaría hasta de mis orígenes.

Por tanto, ese día también dormí acostado junto a la mesa de laboratorio en la que hervían numerosos líquidos de experimentación. Entre sueños de pronto escuché el aleteo del pájaro azul. Era un ruido violento y agudo como el de un rastrillo. ¿Qué habría pasado?

Me incorporé a medias frotándome los ojos. En la oscuridad entrecortada aquí y allá por el brillo que irradiaban los líquidos en los matraces, vi a una chica. ¿El ave azul…? No, no podría ser ella. Además, a esa hora estaría convertida en pájaro, su apariencia era diferente.

Una capa hecha de hilos de plata tan resplandeciente que no parecía de este mundo cubría su negra y larga cabellera cual río que corriera en el infierno. Su piel era tan pálida como la blanca nieve. Debajo de esa cara, su cuerpo también estaba envuelto por un vestido de los mismos hilos de plata.

Era una chica de rostro hermoso. Tenía una ambigua apariencia que oscilaba entre la vida y la no vida, entre la realidad y la irrealidad. Resaltaba su sonrisa que, más que odio, reflejaba burla y picardía. Esa sonrisa también se posó en mi mirada.

¿Quién era?

No había probabilidad de que en medio de la noche se incorporara un nuevo miembro al mundo dentro del horno. Además, el pájaro azul volaba a su alrededor aleteando nerviosamente. Parecía querer golpearla con sus alas o picotearla, pero ni una de sus plumas alcanzaba a tocar ese cuerpo tan oscuro como brillante. Era una forma humana hecha de ectoplasma que no se podía tocar por mucho que se extendiera la mano.

Para colmo, esa chica estaba sentada en la cama encima del vientre del dueño. Éste yacía acostado boca arriba y una cadena de hierro, de las que se habrían usado en una prisión antigua, sujetaba todo su cuerpo, desde el cuello hasta la punta de los pies. Incluso en plena oscuridad, era evidente que la cadena apretaba su carne desgarrándola. Sangraba profusamente del cuello, brazos y otras partes del cuerpo. Además, como si el metal estuviera a fuego vivo, junto con el olor a hierro caliente se percibía un olor a carne chamuscada y podía verse humo elevándose hacia el vacío.

Artrópodos rojos y azules con los pelos erizados serpenteaban por cada eslabón de la cadena. Cuando el dueño escupió sin poder moverse, un olor a sangre impregnó el ambiente.

"¿Q-qué-qué es…?"

Debía ser un sueño. En sueños veía a la chica, al ave azul y al dueño encadenado. Si no fuera así, yo…

"¡Qué le estás haciendo! ¡Déjalo!"

… no habría podido gritar así sin vacilación ni titubeo por muy urgente que fuera el asunto.

Salté a la cama y traté de hacer caer a los insectos sacudiendo la colcha, pero ésta pasó en vano a través de su cuerpo. Luego, cuando intenté aflojar las cadenas que lo estrujaban, aunque mis ojos las veían con claridad, eran impalpables al igual que los insectos. Pareció desmayarse por la fuerza cada vez mayor con que era estrangulado.

Sentada cómodamente sobre el vientre del dueño, la chica esbozó una sonrisa burlona.

—¡Quítate de ahí! ¡Quítate! ¡Se va a morir! –le grité y luego lancé las manos hacia ella, pero otra vez tracé una línea oblicua en el vacío.

—No pierdas el tiempo con esos ademanes. Él no va a morir, sólo está sufriendo un dolor más grande que la muerte –dijo la chica.

Le eché una mirada feroz. Debía estar soñando. Sí que estaba soñando. Si no, no podría hablar tan impecablemente.

—¿Qué tonterías dices? ¡Desátalo ya!

—Te he dicho que es inútil. Esto no se lo estoy haciendo yo, sino él mismo.

—¿Por qué se haría estas cosas a sí mismo? ¿Tú quién eres?

—¿Aún no te has dado cuenta…? Lo que ves ahora es la imagen de su sueño que lo tiene sujeto. Yo sólo ayudo a que esa imagen sea un poco más vívida.

Era un súcubo: una existencia con olor a oscuridad que volatiliza los sueños de los humanos y con ellos forma energía malévola. Tenía la vaga impresión de que tendría un rostro monstruoso con el cuerpo horriblemente deforme, pero para mi sorpresa se trataba de una chica de buena apariencia y tan pequeña como Muji. Las leyendas dicen que su semblante es grotesco, pero que en sueños se muestra como una hermosa mujer. Entonces, ¿la chica que estaba viendo era una ilusión? Me era imposible trazar la frontera entre sueño y realidad. Me sentía como en un sueño dentro de un sueño.

Pero ¿por qué sufriría el ataque de un súcubo?

"Yo le he tenido antipatía desde siempre –dijo el súcubo–. Por su culpa ahora sólo puedo recolectar la mitad de los sueños humanos. Hace mucho tiempo que cada día de luna llena había acechado la oportunidad de causarle una pesadilla. Es justo que pague el precio por haberme quitado clientes… Y hoy, que parece que ha pasado mala noche, aproveché que había descuidado su postura al dormir."

Esto pasó porque no pudo dormir bien, se despertó y se desacomodó. Fue culpa de la chica que le exigió un muñeco vudú. Me mordí los labios. Al panadero se le marcaban profundas arrugas en las comisuras de los ojos. Parecía no poder ni siquiera quejarse, pues las cadenas lo estrujaban hasta justo debajo de la barbilla. La cantidad de insectos azules aumentó, a la par que la intensidad de su pesadilla, y comenzaron a trepar hasta su rostro con actitud hambrienta.

"Es mejor que los hombres no se entrometan en las cosas de este reino –dijo el súcubo–. Como él es más fuerte que yo, las secuelas no le durarán tanto tiempo como a un humano. Por supuesto… en sueños sufrirá mucho. Pero es mi derecho que así sea."

Después el súcubo señaló al ave azul, quien todavía aleteaba a su lado.

—Arruinas mi diversión con ese escándalo. Tendré que eliminarte primero para poder divertirme con él tanto como me plazca.

—No. No la toques… Y suéltalo.

—Te dije que no te entrometieras.

—Suéltalo. Aunque no quede rastro de las heridas, lo estoy viendo sufrir y no puedo quedarme quieto. Él me ha dado refugio y he podido ver cuántos conflictos y preocupaciones sufre cuando está despierto. ¿Por qué debes hacerle esto a quienes duermen? Él no puede dormir más que un día al mes. ¿Por qué no lo dejas descansar?

En ese momento, con su mano impalpable me tomó por el cuello y acercó hasta mi rostro sus pupilas que ardían de burla y malevolencia por el placer.

—No te metas en los asuntos que nos conciernen a él y a mí. No sólo soy yo, sino que hay otros cien más que le guardan rencor. Si pude adueñarme de esta oportunidad yo sola, fue porque lo sigo con diligencia.

No voy a permitir que un insignificante humano me arrebate este goce. A no ser que decidas sufrir la pesadilla en su lugar, cállate y quédate mirando.

—Sí la tomo.

Ésa fue mi voluntad en aquel instante. ¿Acaso pude penetrar en la grieta que divide el sueño del no sueño? Tomé sus manos que me habían parecido para siempre inalcanzables. Ante esto tembló ligeramente como preguntándose cómo es que un ser humano podía tocarla.

—Lo haré yo. Te basta con venir hacía mí, ¿no es así?

No sabía por qué le había hecho esta propuesta al súcubo. Quizá porque no tenía una idea concreta de lo que era una pesadilla. Mi única intención era pagarle la deuda al panadero, aunque fuera demasiado poco en comparación con la ayuda que él me había ofrecido. Aunque ella volviera a atacarlo otro día, al menos no sería hoy, no mientras yo estuviera allí.

—¡Vaya favor el que pides…! Eres el primer ser humano que quiere sufrir por su propia voluntad.

Cuando el súcubo esbozó de nuevo una sonrisa malévola, sus visibles colmillos mordieron la oscuridad en un instante. Unas garras de águila me rasgaron el pecho al tiempo que me empujaban por los hombros para tirarme al suelo. Sentí estallar un gran dolor en mi espalda y un ruido sordo retumbó en toda la habitación. Ella me cargó y presionó mi cuello con una mano. Mirándome desde muy cerca, con su frente casi tocando la mía, exhaló un aliento frío. Su pelo largo emanaba un olor a algas, color rojo oscuro, que hubieran estado sumergidas en un abismo.

—Entonces espero que pases un buen rato. Y si no despiertas nunca más, no será culpa mía, pues fue tu decisión.

Después, como si estuviera bajo el efecto del éter, no supe en qué momento cerré los ojos y caí rápidamente en un sueño que tampoco supe dónde comenzaba ni dónde terminaba. Era un sueño dentro de un sueño. Un sueño dentro de un sueño dentro de un sueño.

Había vuelto a tener mi pequeño cuerpo de cuando tenía cinco años. El suelo parecía estar ahora mucho más cerca de mis ojos. Al levantar el brazo, vi que la manga de la camisa me quedaba grande y floja, como si me hubiera puesto la ropa de mi padre. ¿Dónde estaba?

Sin motivo aparente, me era familiar el candelabro que dibujaba una pesada curva en el vacío con sus cuentas de cristales brillantes. Bajo él había una cinta negra colgada que se mecía como si entrara el viento por alguna parte.

Una forma humana caminó como arrastrando los pies hasta colocarse debajo de la cinta. Desde donde yo estaba no podía ver más que su espalda, pero ya conocía esa silueta.

Extendí la mano. Quería correr, pero estaba plantado como si fuera una columna de sal. Quería gritar, pero el grito me dio vueltas por la garganta y se disipó en la oscuridad abismal. Ella se posó bajo la cinta negra y subió temblorosamente a una sillita infantil de plástico color rojo. Pude escuchar el aire dentro de la silla escapando por el peso. Con movimientos lentos, la mujer se ató la cinta negra al cuello. Aunque grité con fuerza, no pude romper el silencio.

Con el pie golpeó la base de la silla y ésta cayó al suelo. El cuerpo atado con la cinta negra se mecía como péndulo hacia adelante y hacia atrás. Con cada movimiento penetraba en mis oídos el sonido del roce de su ropa. Al extender la mano, por fin pude escapar de una especie de aire que me sujetaba y corrí hacia ella. Corría y corría, pero la distancia no se reducía ni un centímetro.

"¡Mamá!"

No pude saber si ese grito salió o no de mi garganta. Sus manos y sus pies se sacudían en todas direcciones como si estuviera bailando. Era como un títere con los hilos de las articulaciones enredados. "Hazme caso. Mamá, te duele, ¿no? ¡Córtalo, rápido! ¡Apúrate!" Pero no era fácil cortar el cinturón de cuero firme. Además del suelo donde posaba mis pies y del techo amplio que se extendía hasta la eternidad, no se veía nada alrededor ni había paredes. Si sólo pudiera encontrar un cuchillo para cortar la cinta. Corrí a buscarlo, pero no se veía el fin ni me acercaba un palmo hacia mamá. Sus miembros se convulsionaron con más fuerza. ¿No podría hacer caer todo el candelabro? Al pensarlo, me estalló la adrenalina en el cuerpo. Sin saber cómo, al siguiente instante en que caí hacia delante ya tenía a mi madre sujeta por los pies.

¡De pronto lo supe! Debía sacudir el candelabro hasta que se desatara el cinturón y ella cayera. Levanté la sillita caída y me subí a ésta. Todo estaba tan alto como la planta de los frijoles mágicos de Jack, que en un día crecieron hasta más allá de las nubes. No podía siquiera tocarla, ya no digamos sacudirla. Sí, mi cuerpo era el de un niño de cinco años. Salté unas veces sobre la silla y caí para rodar sobre el suelo. Mientras tanto, las extremidades de mi mamá se convulsionaban cada vez menos.

"¿Mamá?"

Cuando caí por séptima vez, ante mis ojos estaban sus talones en el vacío. Mamá había dejado de esforzarse y estaba colgada en una postura tranquila. Entre sus dos piernas rígidas escurría un líquido negro. Apestaba tanto que no podía creer que estuviera en un sueño.

Avancé a rastras y levanté la cabeza. Vi el rostro de mamá que hacía mucho no recordaba. Pero no estaba seguro de que fuera el mismo rostro de antes, se veía demasiado ennegrecido y parecía que sus ojos abiertos de par en par se le iban a salir. Su lengua larga asomaba por la boca abierta como fauces de lagarto. Desde ahí, una gota de sangre oscura resplandeció fríamente y cayó trazando una larga línea vertical.

Por un momento me pareció que esos ojos me estaban mirando. No, no podía ser. Esos ojos ya no estaban mirando nada. Sin embargo, siempre que volvía la cabeza o me movía, sentía que me estaba siguiendo su mirada. Entonces el temor se impuso sobre la lástima, así que retrocedí arrastrándome aún sentado. Pero no podía alejarme ni un centímetro de mamá. Sin darme tiempo para rezar por su alma, el cinturón se ató a mi propio cuello. Mamá, con el rostro ennegrecido, se había descolgado y me estrangulaba. Su cara, convertida en una calavera, tenía los orificios de ojos y nariz vacíos, y gusanos del tamaño de granos de arroz se retorcían entrando y saliendo por esos agujeros. Los gusanos bajaron por el cinturón, se agolparon en mi cuello y lo mordieron.

Sin saber cómo había pasado esto en el sueño, me desmayé con el cinturón amarrado al cuello devorado.

Abrí los ojos. Al ver a mi familia feliz ante mis ojos, supe que no me desperté de veras, sino que, atravesando el espacio-tiempo como en una especie de cambio de escena, había llegado a un segundo sueño. Parecía que sin mí ahora estaban felices de verdad.

Mi padre, la maestra Be y Muji estaban sentados en la mesa circular. Era la escena de una pacífica cena no muy diferente a la de cualquier familia.

Me miré a mí mismo. Ya había regresado a mi cuerpo actual, mi padre y la maestra Be parecían un poco más viejos, y Muji había crecido hasta tener mi edad actual. Ella tenía el pelo largo cubriéndole los hombros y llevaba el uniforme azul oscuro del colegio. Adiviné lo que estaba pasando. Era el futuro feliz que tendrían una vez que yo desapareciera.

En el momento de contemplar esta escena caí en la cuenta de que quizá nunca habría un lugar para mí, aunque me despertara del sueño y volviera a la realidad.

—Ah, ¡es mi hermano!

Muji miró hacia donde yo estaba y me llamó con la mano. ¿Me reconocía como su hermanastro? ¿Aunque ahí yo tuviera la misma edad que ella? Al acercarse, Muji tenía la misma altura que yo.

—¿Qué haces? Ven acá. Tienes que cenar.

Me encogí de hombros e intenté rechazar su mano que tomaba la mía. ¿Qué estaba diciendo? ¿Que podía cenar junto con su mamá y ella? ¿Cuándo me dieron ese derecho? Si volvía a casa y soportaba un poco más, ¿podríamos ser felices por lo menos ante las otras personas y algún día vendría este momento que estoy viendo? ¿Podía confiar en la mano que me tendía? Innumerables cuestionamientos me rondaron la cabeza, pero yo no hice más que retroceder sin preguntar nada.

—¡Mamá! ¿Qué le pasará a mi hermano? ¿Se sentirá enfermo? Aunque eras siempre callado y serio, nunca me trataste mal… Siempre he estado agradecida contigo –y agregó con un aliento glacial frente a mi cara–, ¡incluso tanto como para perdonarte que me hubieras tocado!

El semblante de Muji se tornó violento y amenazante. ¿Ahora de qué estaba hablando? ¿Cuándo le hice eso que dice? ¿Se apoderó del recuerdo falso que sin querer creó en su corazón infantil? "Abre bien los ojos y mírame. ¡Yo nunca te hice eso!" Pero mi voz sólo resonaba sin salir, cual trueno en mi interior.

—Por Dios, ¿no te acuerdas? ¡Qué desilusión! Si metiste tu mano bajo mi falda.

"No." Di un paso atrás. Detrás de sus hombros, la maestra Be esbozaba una sonrisa burlona. El rostro de mi padre no se veía bien porque lo tapaba la cabeza de Muji, pero parecía inexpresivo.

—Bajaste mi ropa interior.

"¡No!"

—Me toqueteaste. Sobabas y sobabas como amasando y…

"¡No bromees!"

—¡Me penetraste!

"¡Cállate!"

De pronto, yo estaba tumbado en el suelo mientras Muji me estrangulaba con un ademán de chica ruda que masca chicle y no de una muchachita. No, no. Repentinamente su rostro se transformó en el de la maestra Be. Yo me esforcé en apartar sus manos de mi cuello. Todo era casi igual a la escena de aquel día. ("Papá, ¿por qué no me ayudas? ¿De verdad no sabes que yo no fui? ¿No te importa que me muera de esta manera?") Con dificultad volteé la cara hacia un lado y miré a mi padre que estaba sentado a la mesa. Todavía era difícil ver la expresión en su rostro. No había desprecio ni rencor, pero tampoco había vergüenza o pesar. No podía sondear sus sentimientos.

Al retirar de pronto las manos, la maestra Be me empujó unos pasos. En ese momento sentí que algo me atravesaba desde la espalda. Al bajar la vista vi un objeto largo clavado en mi vientre. Una lanza tan fina como un hilo despedía destellos mientras penetraba mi cuerpo. El agujero por donde había entrado se agrandaba poco a poco y desde él salían vísceras rojas con burbujas de sangre. Por entre los intestinos derramados se alzaba la lanza relumbrante. El viento traspasaba esa oscuridad y hacía estremecer las articulaciones. Mi mano ardió abrasada al coger la lanza brillante. Sentía como si el fuego más candente recorriera todo mi cuerpo a través de mis venas, si aún era posible que me quedara algo de ellas.

Cuando levanté la cara, vi a los tres miembros de mi familia en línea, mirando cómo se me había desgarrado la mano. Después de retroceder tambaleante unos pasos más, me sostuve a duras penas. Vi una mezcla de frustración y compasión en la mirada de Muji, la tranquila línea de los labios de la maestra Be que al verme parecía no saber si sentirse arrepentida, y la aún ambigua expresión del rostro de mi padre.

Al verlos, pude tomar una decisión. Mi padre había rechazado ser mi padre y eligió ser el esposo de la maestra Be. Ellos estaban de pie allá; yo, tambaleante acá. ¡Cuán hermosa y emocionante foto de familia!

La herida es la condición previa de la carne nueva.

Mostré una inesperada fuerza que no pensé tener y me arranqué la lanza resplandeciente con la otra mano. Yo no pertenecía a esa familia y, aunque regresara, tendría que fijar la fecha en que volvería a marcharme. Ya no tenía miedo de regresar ni de quedarme sin sitio adonde volver. Sonreí sin querer. Al dejar caer la lanza, la llama pasó cortándome la mano.

—Ya basta –dije tapando la herida con la mitad del brazo que aún tenía.

Por primera vez salió mi voz en el sueño. Los ojos de la maestra Be preguntaban cómo me atrevía a hablarle así.

—No me importa si esto es realidad o sueño. Yo ya tengo bastante fuerza como para derribar a una mujer de su tamaño. Pero… a partir de este momento estoy determinado a no sentir más que pena por usted… Ya bien sabe que no fui yo. En vez de perder el tiempo estragulándome, sería más sensato ponerse a buscar al verdadero criminal que abusó de Muji.

Si era una pesadilla, merecía ser soñada. Haría unos cientos de años que hablaba sin tartamudear.

—Ya lo sé. Ya sé que desde un principio la rechacé y no tuve la intención de darle nada… pues yo tampoco quería recibir nada. Pensaba que ésa era la mejor opción… así que pensaré que lo que usted me hizo hasta ahora fue el precio que pagué por mi elección. Ya es demasiado tarde para volver atrás. Puede quedarse con este lugar. Planee un futuro feliz a su gusto. Aunque yo me retire, no les consideraré enemigos… no creo que tengan tanto valor. Pero a mí también déjenme en paz.

Como si ella no pudiera contener su ira, me golpeó en el vientre. Su puño se clavó en mi cuerpo justo en la oscuridad por donde habían salido mis entrañas. Caí como plomo y a mi cara volaron sus puntapiés. Todos los dientes rotos se me salían por entre los labios. No sabía por qué en el sueño también la sangre sabía salada. Pero ahora no me cubrí la cara ni protesté más. Ya todo iba a terminar si soportaba un poco, un poco más.

Un poco, un poco más.

Abrí los ojos. Para alguien que acababa de despertar de un sueño violento, el toque que acariciaba mi mejilla y mi cuerpo era muy agradable. Sin darme cuenta, mi cuerpo ya no estaba en el suelo frío, sino en la cama. La colcha de satén me envolvía de forma acogedora como el líquido amniótico de un tiempo inmemorial. Por eso no había querido entrar en esa cama que me hizo sentir tan bien. Parecía que podría caer en un sueño eterno con tan sólo hundir mi cabeza en la almohada.

Pero de pronto, volví en mí e incorporé mi torso. ¿Y el dueño?

Vi el reloj. Ya era pleno día y naturalmente ni el dueño ni el súcubo estaban ahí. En vez de ellos, mis ojos se encontraron con los ojos del pájaro azul anegados de lágrimas.

—Han pasado dos días.

¿Pasaron dos días?

—Pensaba que ya no podrías despertarte. Después de que ella se apartó de ti, no te bajaba la fiebre y delirabas.

Cuando la chica parpadeó, una gran lágrima cayó en mi mano.

—Muchos problemas te acosaban, aunque no tantos como al dueño. Pero la fuerza con la que te asfixiaban no era cosa de risa. Temía que no vencieras el sueño y fueras arrastrado a... Tenía miedo de que no despertaras, pero como estaba transformada en pájaro no había nada que pudiera hacer. Además, el dueño tampoco se despertó hasta la mañana siguiente... Siento mucho no haber podido defenderte.

—Q-qué di-di...ces.

Había vuelto al punto de partida. ¿Por qué había podido abrir la boca y hablar tan claramente? ¿Habrá sido cierto que estaba soñando desde el principio?

—Como lo prometió, el súcubo se marchó al amanecer. Pero las cuerdas que enredaban tu cuello no se desataron. El dueño tampoco sabía la forma de salvar a un cautivo de un monstruo como aquél. Dijo que el único remedio era que tú mismo lo vencieras en el sueño… ¿Por qué hiciste eso? ¿Por qué?

—P-pe-pe…rdón po-por p-preo…cu-pa-parte.

El pájaro azul negó con la cabeza enjugándose las lágrimas.

—Cuando desaparecieron las cuerdas, tú ya estabas exhausto y tu respiración estaba muy débil. Mojaste el piso de sudor frío. Cuando se enteró, el mago se molestó y me reclamó que no te lo hubiera impedido, pero luego cayó en la cuenta de que yo estaba transformada en pájaro. Él te puso aquí y te cambió la ropa empapada de sudor. Es su mejor forma de agradecerte. No te sientas mal si no se deshace en palabras de agradecimiento cuando lo veas en la tienda.

No le hice caso de quedarme reposando y me levanté. Al pasar por la puerta del horno detrás del ave azul aún me quedaba la sensación de asfixia y de la quemadura que traspasó por todas las células de mi cuerpo.

El dueño estaba horneando una tarta que habían pedido de una oficina cercana. En cuanto me vio, se dirigió al fregadero y se lavó las manos que estaban cubiertas de harina y polvo de chocolate.

—Ah, e-e…es q-que-que… –dije mientras él se secaba las manos mojadas con un paño de cocina sin voltear a mirarme–. Es-es q-que yo…

Mis ojos brillaron como si se hubieran encendido unos faros reflectantes. El repentino impacto me hizo tambalear un poco y sólo tras retroceder dos o tres pasos, me pude plantar en firme para evitar caer.

El pájaro que estaba a nuestro lado nos miró a uno y otro, y salió del taller sin decir una palabra. El dolor que quedaba en mi mejilla izquierda subió a mi cabeza y resonó fuertemente dentro de ella.

—… No te entrometas donde no te corresponde. ¿Quién te dijo que hicieras eso?

Me quedé en silencio. Al relajar la tensión por un momento, sin querer brotaron lágrimas inesperadas. ¿Acaso sentí esta emoción cuando me hicieron lo mismo el maestro de la escuela y la maestra Be? Mi pecho lleno de negación o ira, mortificación o cinismo, no tenía lugar que ofrecerle a esta emoción que sentía ahora: al dolor que me provocaba saber que alguien se preocupaba con sinceridad por mí.

—Hay dos razones principales por las que no has muerto. Una es porque el demonio, que era de un grado relativamente bajo, no tenía gran fuerza y tampoco pudo ejercer con libertad toda la que tenía. La segunda es porque todavía eres pequeño y por eso en toda tu vida has sufrido una escasísima cantidad de experiencias desagradables o terribles. Si hubieras vivido un poco más o hubieras experimentado un sufrimiento extremo, no te habrías despertado. Quiero decir que hubieras tenido que repetir ese sueño sin cesar en estado inconsciente hasta que tu cuerpo se pudriera por completo en la tierra. Como esto afecta a tus células también… no habrías podido ser siquiera un cadáver normal. Habría sido interesante excavar tu sepulcro y abrir tu ataúd.

Quería decir que lo que vi en sueños era casi nada en comparación con el dolor que han sufrido otros, y por eso todo transcurrió de manera moderada y me hizo padecer relativamente menos que a los demás. El valor del dolor que se sufre es absoluto sólo para uno mismo. ¿No habré hecho sino causarle molestias al mago sin considerar lo que él sentiría al despertarse y verme en ese estado, sólo por no querer verlo a él así? ¿Será que he detenido al súcubo no por él, sino por mi propia satisfacción o alivio?

—Vamos a tomar perspectiva del asunto. ¿Crees que el mundo es pequeño y la vida es corta? ¿Es por eso que te interesa meter las narices en los asuntos del otro mundo? No me hagas reír. Para los humanos es abrumador hasta este mundo que han recibido. Si no puedes ni con tus propias cosas, ¿cómo se te ocurre meterte en las de los demás?

—Pe…pe…per-do…dón… –comencé a decir y froté con el dorso de mi mano mi ardiente mejilla, enjugando de una vez las lágrimas que había derramado sin notarlo– po-por at-atr-atre-ver-verme…

Las palabras que no podía hilar revolotearon en el vacío y desaparecieron. Así pasó un rato. Al bajar la mirada vi sus chancletas colocadas en paralelo. Antes, con la cabeza agachada al igual que en ese momento,

¡cuánto tiempo había esperado a que desaparecieran de mi vista las chancletas de la maestra Be!

Pero esta vez las chancletas se me acercaron despacio en vez de desaparecer. Luego él me dio unas palmaditas en el hombro.

—... No te entrometas en las cosas sin sentido nunca más. Si la próxima vez te destrozaran, no podrías reponerte. Pero, claro, no habrá una próxima vez.

Seguramente lo que quería decir era que nunca más se dejaría atacar como esa noche.

—No te preguntaré por qué interviniste con tanta insensatez, pero para mí eso es pan comido.

Tratándose de él, ya sabía que diría eso. La verdad no era cierto que fuera tan simple. Mostré una débil sonrisa y un gesto de vergüenza por haber hecho tonterías. Sin embargo, como lo hice por mi propia voluntad, me sentía satisfecho. Además, como beneficio inesperado, sentí como si hubiera realizado un ensayo preliminar para lo que me sucedería en el futuro, se tratase de mi vida o de la guerra. Poco a poco se acercaba el momento en que tendría que volver a casa. La distancia que me separaba de ella disminuyó y al mismo tiempo se ensanchó un paso más.

—Habrás sufrido mucho.

Como no podía decir que no había sido gran cosa, resultaba lastimoso.

—Ante todo, te agradezco –dijo mientras se agachaba inclinándose y mirándome fijamente a los ojos.

Yo no podía dejar de llorar, no por pesadumbre ni abandono, sino por pura alegría y emoción. Nadie nunca me había reconocido alguna vez con palabras tan simples en lugar de interpretarme mal. Eso también significaba que admitía que había pasado la prueba de soportar esa noche tan larga que parecía no tener fin. Yo mismo no era del tipo que es profuso en halagos hacia sí mismo.

Sin darme cuenta, apoyé mi cabeza en su hombro cálido y mojé su bata blanca. Aunque el chocolate que se estaba derritiendo en la olla se consumió hasta quemarse y se endureció la manteca sobre la mesa de cocina, él se quedó en silencio sin moverse hasta que yo me tranquilicé.

El rebobinador del tiempo

La clara de huevo adquiría una nívea densidad al mezclarse con la crema tártara en la batidora. Su espuma se enriquecía y suavizaba aún más con el azúcar, y el polvo de almendras le añadía el sabor. El merengue que se asomaba poco a poco desde la punta de la manga pastelera iba dibujando ondas que culminaban en un nítido pico sobre la bandeja. Parecía que sólo bastaba hornearlas y las galletas de merengue estarían listas...

Pero no. Ésas no sólo eran unas simples galletas de merengue. Si de eso se tratara, no serían un producto de la *panaderia-encantada.com*. A mitad de la preparación, el dueño les añade un *procedimiento* especial propio. No pude observar el fundamento y la forma de dicho procedimiento, y el ave azul tampoco lo conocía.

El artículo más sospechoso de todos los que se vendían en la tienda en línea y del cual no había habido ni un pedido, por lo menos durante mi estancia, era justamente éste: el rebobinador del tiempo.

Una galleta que rebobinaba el tiempo.

De acuerdo con su nombre se supondría que podría servir para viajar en el tiempo. Pero sólo era una suposición, ya que en vez de la imagen del producto, había un ícono que decía: "Sin imagen por el momento", y al hacer *clic* en la información del artículo sólo aparecía el mensaje: "Sección en construcción", sin detalles ni precio. Por supuesto que no se podía colocar en la sección de "Mis productos" ni en el carrito de compras.

Entonces, ¿cuándo estaría listo? Tenía la duda, pero no le pregunté. Era obvio que no había ningún pedido, puesto que era un artículo que estaba aún en preparación. Por eso al principio pensaba que el mago todavía no había terminado de estudiarlo.

En el foro preguntaban de manera incansable cuándo sería el lanzamiento de ese producto. Y había una respuesta de cajón para esta pregunta: "Este producto se encuentra en etapa de desarrollo. Intentaremos lanzarlo lo antes posible. Muchas gracias por su interés en la *panaderia-encantada.com*".

Si bien esa era la respuesta genérica que correspondía a las preguntas marcadas como públicas, en el caso de las otras, las preguntas privadas, el dueño se encargaba de responderlas. En estos casos, los que tenían historias trágicas comentaban encarecidamente por qué necesitaban el rebobinador del tiempo y pedían que se pusiera a la venta lo más pronto posible. Entonces, las respuestas del dueño dependían de cuán lamentable era su historia y de la sinceridad que mostraran.

Pues así estaba el asunto, pero la verdad era que ya se había concluido la fase de investigación sobre el rebobinador del tiempo e incluso el mismo dueño me enseñó alguna vez la galleta en cuestión. Tenía la forma de una galleta de merengue. Me preguntaba si de verdad rebobinaría el tiempo una galleta de merengue de apariencia tan común y corriente como las que se pueden ver en cualquier panadería. Pero cuando el dueño la rompió por la mitad y me mostró su contenido, me di cuenta.

Era como una galleta de la suerte.

Por lo general esas galletas tienen forma de media luna. Para hacerlas se dobla la masa por la mitad y se curva de nuevo en un ángulo de sesenta grados como una luna creciente. Luego por la abertura se les mete el papel con profecías.

Pero la galleta que hacía el dueño tenía forma de merengue. Si no usara una galleta plana para colocar la tira y luego le pusiera el merengue encima, sería difícil introducir el papel. Pero en fin, de la galleta que hizo el dueño salió un papel amarillo claro. Esa tira comestible se derretía con la saliva si se mantenía en la boca por un tiempo dejando un sabor a chocolate y un olor a café con leche.

Ese papel estaba vacío excepto por las siguientes dos líneas:

```
Fecha _____ / _____ / _____
Hora _____ : _____
```

Se decide el tiempo al que se quiere volver y se mantiene en la mente. Luego se mete en la boca la pequeña galleta y se rompe. Cuando el papel dentro de ella toca los dientes o la punta de la lengua, se saca sólo el papel, y la galleta que queda en la boca se come. Entonces se puede ver que en letras rojas estarán escritas la fecha y la hora a la que se ha deseado volver.

El dueño me mostró que lo más importante era que si la galleta se rompía con las manos o aplicando otra fuerza física, nada se escribiría sobre la tira y no tendría ningún efecto. Se debe meter en la boca de una vez y romperla dentro. Y tras sacar la tira y comprobar el tiempo, había que meterla de nuevo en la boca y derretirla lentamente en la punta de la lengua.

¿Sería posible rebobinar el tiempo por medio de un proceso y una acción tan simples? ¿Acaso no era necesario subir a una máquina del tiempo que requiriera un mecanismo complejo de operación y un poco de pilotaje como en las películas?

Era comprensible que no se pudiera adquirir con tanta facilidad un producto de esta naturaleza. Al conectarme a la página como administrador, pude ver varias respuestas del dueño a las preguntas privadas. De este modo me enteré de que les decía el precio del producto sólo a los que lo necesitaban con ansias.

Cuando en una tienda en línea se encuentra la leyenda: "Consulte el precio", por lo general el artículo tiene un costo astronómico. Pero el rebobinador del tiempo iba más allá de eso. El precio dependía de cuánto tiempo se quisiera rebobinar. Es decir, cuanto más se rebobinara el tiempo, más aumentaba su precio. Por esta razón, era necesario consultar previamente el costo en caso de querer adquirirlo. Había que decir la razón por la que se quería volver al pasado, además de a qué momento, hora y minuto. Incluso el costo mínimo de una galleta para rebobinar cinco minutos era tan elevado que no podía ponerse por escrito. A partir de eso, el precio se elevaba estrepitosamente por cada cinco minutos adicionales al modo de la sucesión de Fibonacci.* Era imposible rebobinar varios días o meses, a menos que se fuera millonario o billonario.

Además, como no se trataba de un remedio de emergencia, no habría quien deseara rebobinar sólo

***

* Refiere a una sucesión infinita de números naturales que se conforma con la suma de 1 y 1, y a partir de aquí cada cifra resulta de la suma de los dos anteriores: 1, 1, 2, 3, 5, 8, 13, 21, 34, 55, 89, 144, 233, etcétera. [Nota de la editora]

cinco minutos. La mayoría de la gente que preguntaba en internet ya había perdido el tiempo oportuno
o ya hacía mucho que las cosas le habían salido mal.
¿Habría algún loco que comprara ese producto de an-
temano a fin de prepararse para cuando cometiera algún error?

El papel contenía cinco espacios para poner la fecha y la hora. Pero, a menos de que se estuviera loco
o se fuera muy ansioso, nadie podría ocupar el tercer
espacio para rebobinar tanto como un año o más. De
modo que para que semejante precio tan costoso no
estuviera a la vista de la gente, el artículo se mantenía
siempre en etapa de desarrollo. Y sólo cuando, a pesar
de todo, hubiera personas que lo suplicaran ferviente-
mente se destapaba para mostrárselos. La mayoría
de ellos se desilusionaba por el precio y no volvía a
preguntar por la galleta. Al no poder confiar por completo en la magia, la inversión resultaba demasiado
arriesgada.

—Sé lo que estás pensando.

Así era. Una persona como yo no podría rebobinar
un año completo, el tercer espacio en el papel, a menos de que saqueara un banco. Así que de nada servía
siquiera rebobinar unos minutos, el último espacio. Si
quisiera rebobinar seis años, considerando que un día
consta de 1,440 minutos y un año de 525,600 minutos… No, no podría pagar por seis años, aunque me
sacara la lotería. El mínimo de cinco minutos valía una

extravagancia y cuanto más se volvía hacia atrás en el tiempo el precio subía de forma exponencial. Se trataba de un precio mortal que me hacía sentir la verdad de la frase que dice *El tiempo es dinero*.

—¿Quiéres rebobinar el tiempo?

Me lanzó la pregunta sin mirarme. Si ya lo sabes, no me lo preguntes.

—¿Po…por q-qué…?

—¿Por qué qué?

—¿Po-por… qué… la la ven-d-des ta-tan ca-cara? Co-como-mo s-si-si fu-fu-fueras un… empre-pre…sa-ri-rio si…sin e-es…c-crú-pu-pu-los un co-co…mer…ci-ciante-te ti-timan…do-do tu-ri-ristas.

Él soltó una carcajada y contestó como murmurando para sus adentros:

—¿Empresario sin escrúpulos? Si apenas soy más bien un comerciante, ¿no crees?

—Pe…pe-ro si c-claro que lo-lo e-res. Si-si actu-tú-as co-co-como a…quel ch-char-la-tán q…ue ve-ven-di-día el a-agua d-d-del río.**

Él se volteó a mirarme con semblante un tanto sorprendido. Al verlo así, sentí el aguijón de la conciencia recriminándome por lo que había dicho. Fue igual que haberle dicho que era un estafador. Y aun así, lentamente se dibujó una tranquila sonrisa en su rostro.

** Ésta es la historia de un comerciante que instaló su puesto a las orillas de un río y a los ingenuos sedientos que no veían el cauce los embaucaba vendiéndoles agua. [Nota de las traductoras]

Pero era una expresión como la que se usa al mirar con lástima a un niño ignorante del mundo.

—No tiene caso que te molestes por cosas ajenas a ti. Ya veo que tú también tenías el sueño de intentar alguna fruslería con esto. Será mejor que lo olvides.

Me dio más miedo que me lo dijera así, sonriendo.

—No-no...no me re...re-fe-ri-í-a a...

No pude continuar hablando porque me retacó la boca con un chocolate dulce del tamaño de un rompemuelas.

Mientras él apartaba con lentitud sus dedos de mi boca, el chocolate empezó a echar chispas con un festivo ruido de cohetes. Cuando iba a la escuela primaria, solía comer unos dulces chatarra de nombre desconocido que vendían en la papelería de enfrente, entre ellos se encontraba un polvo dulce que estallaba en la boca como éste. Aquélla era una chuchería con olor a frutas sintetizadas químicamente con gas carbónico, pero ésta tenía una sensación especial, como si el mismo dulce estuviera saltando y no perdía sino el suave sabor propio del chocolate hasta el final.

Además, si se le ponía atención al sonido de las chispas en la boca, se podía notar que no se trataba del ruido de la electricidad estática sin orden ni concierto, sino que en realidad formaba una especie de lenguaje, si bien bajo y confuso. En medio de los ruidos que reventaban de forma intermitente como mi propio tartamudeo, escuché la voz del dueño:

—Termina las dos bolas que están ahí y después me dices qué te parecen –dijo mientras se daba la vuelta y entraba al taller.

Aguzando los oídos para captar el sonido de las chispas, asentí a sus espaldas.

—De haberlo pensado bien lo habrías notado –dijo con frialdad el ave azul haciendo cuentas en la máquina–. Yo le pedí que te permitiera quedarte, pero… si lo criticas con tanta dureza…

Sí que había sido cruel al insinuar que era un estafador, pues en realidad él vendía magia real sin trucos. Sin embargo, me parece que no fue nada en comparación con lo que él les decía normalmente a los clientes o a mí. Y además era cierto que pedía el costo de mano de obra muy caro.

—Por favor, no hagas que me arrepienta de haberle pedido que te quedaras aquí.

—Ah… lo-lo siento…

—Si has entendido, pídele perdón al dueño, no a mí.

Asentí con la cabeza. Me parecía que sería natural hacerlo en el momento de comentar el sabor del chocolate. Por eso me metí en la boca la segunda bola.

—Desde la perspectiva humana –el pájaro azul añadió–, rebobinar el tiempo debe parecer una técnica insignificante como la que se ve en las películas, ¿cierto?

”Pues no, en ninguna película se ha dicho que viajar en el tiempo sea insignificante desde el punto de vista científico. Involucra la teoría de la relatividad de Einstein y la velocidad de la luz... Debe considerarse diferente a los viajes del tiempo de las películas, donde sólo una persona cae al pasado mientras que todos los demás seres viven en el presente. En el campo de la ciencia dicen que es posible conquistar el tiempo de esa manera, al menos en teoría, sólo que es difícil ponerlo en práctica.

"Sin embargo, ¿no será el *tiempo* lo que hace perder todo significado a los deseos, esfuerzos y voluntades humanos? Pues una vez distante del presente, todo el pasado se convierte en recuerdo, disección o fósil.

"Como dices, puede parecer absurdo cobrar tanto dinero por rebobinar el tiempo invisible. Pero ¿has pensado esto? Mover el tiempo es un acto muy peligroso que se opone a la voluntad de Dios. No hay mucha diferencia si se trata de cinco minutos o de cincuenta años. Él trabaja con tanto peligro para restablecer el tiempo retorcido por otros en algún lugar."

Según ella, el momento en que yo vivía era el tiempo retrasado o adelantado por alguien en otro lugar. Ese trabajo era para volver a poner todo en su lugar y por eso no lo hacía cuando quería, sino cuando alguien lo necesitaba sinceramente y su petición servía para complementar el tiempo perdido u omitido.

También había otra regla: no ayudaba a nadie a rebobinar el tiempo para cambiar el destino evidente. Se podía cambiar la *casualidad*, pero no se podía tocar el *destino* que determinaba la vida y la muerte. Dentro de los límites en que se afirmaban los hechos ocurridos, rebobinaba el mínimo tiempo posible. Por ejemplo:

Hoy mi hijo se fue de mi lado. La enfermedad que padecía le había hecho sufrir por mucho tiempo y no había modo de curarlo. Tengo muy poco dinero para poder volver al momento en que todavía no sabíamos que estaba enfermo. Y he gastado el poco dinero que teníamos para pagar la cuenta del hospital. Ahora lo único que deseo es ganar sólo un día para estar con él, decirle el último adiós que no le pude dar, e ir juntos al parque de atracciones al que tanto quería ir. Me da pena que haya dejado este mundo sin aviso en medio del amargo y caótico ambiente del hospital y del olor a desinfectante. Si pudiera hacer estas dos cosas, podría aguantar el dolor de perderlo por segunda vez.

El mago alteraba el mínimo de tiempo necesario para minimizar las reacciones secundarias y el peligro de que se fracturara el tiempo. Además de los cuerpos humanos, cada célula de todo ser tiene su propio reloj biológico. Y si alguien transforma el cauce del tiempo en un lugar de este mundo, los movimientos y las disposiciones de las estrellas deben modificarse de modo que se termina por controlar de manera artificial el universo mismo, por lo que todas y cada una de las existencias del mundo tienen que compartir un poco su impacto.

Sin embargo, dado que la cifra de seres humanos alcanza los seis billones, no se logra sentir el cambio o el impacto causado por estas situaciones, salvo que se trate de individuos extremadamente sensibles. En cambio, algunos animales que tienen los órganos sensoriales más desarrollados que los hombres lo sienten y muestran conductas extraordinarias. En el caso de los hombres, el *déjà vu* que se siente en la vida cotidiana al ver alguna cosa o al visitar algún lugar es uno de sus efectos secundarios ligeros.

En el instante de volver el tiempo atrás, el niño que iba a nacer en ese momento experimenta el retroceso del tiempo en el pequeño universo que representa el útero de su madre, y una persona a punto de expirar sufre todo el impacto de la reordenación, generación y destrucción de las células. Pero no es seguro hasta qué punto aguantarán la grieta del tiempo los organismos si, en lugar de retroceder unos minutos o unos segundos, se retroceden unos meses o años.

Sin embargo, lo más importante de todo es que en estos casos se sobrevienen enormes puntos ciegos y circunstancias azarosas. Sigamos con el ejemplo de la madre que perdió a su hijo. Su deseo sincero era despedirse de él para que su viaje fuera tranquilo, pero en cuanto ella volviera apenas un día en el tiempo perdería el recuerdo del hoy. Se olvidaría de que este día le encargó un pedido al dueño y del sufrimiento de despedirse de su hijo. De este modo, el tiempo de hoy llega a ser *el tiempo que nunca ha existido*. La madre que volvió al *ayer* no sabe lo que pasará al día siguiente ni sabe que su niño al final va a abandonar este mundo en medio del desasosegado caos de la unidad de terapia intensiva. Así que no se puede garantizar que ella elegirá y llevará a cabo sin falta lo que tanto deseaba: externarle a su hijo lo que quería decirle e ir con él al parque de atracciones en el *ayer* que recuperó. En buenos términos, la probabilidad de cambiar su conducta o de repetirla es de cincuenta por ciento. En caso de repetirla, la madre visitaría de nuevo la página web de la Panadería Encantada y con lágrimas en los ojos sentiría un *déjà vu* sin saber el porqué, en caso de que fuera extremadamente sensible y nerviosa.

Por ejemplo, si yo volviera en el tiempo seis años decidido a exterminar a la humanidad, me olvidaría del momento en que rebobiné el tiempo (porque se convertiría en un tiempo que nunca pasó), y no sería posible saber si me opondría a que mi padre se casara de nuevo ni si podría terminar con su relación como si no hubiera pasado nada. También podría suceder que volviera a tener lugar la dolorosa época con la maestra Be (aunque yo no sabría que lo estaría viviendo por segunda vez).

Este artículo mágico que no garantiza nada tenía demasiados efectos secundarios para su alto precio. En la mayoría de los casos, quienes pretendían hacer un pedido abandonaban sus intenciones. Había unos que reaccionaban con ferocidad ("¡Qué disparate! Si no hay garantía, ¿por qué lo vendes tan caro?"), y otros de forma apacible ("Está bien. Creo que no me es tan necesario lo que no me da la seguridad de nada. Tendré fe en que mi hijo entenderá mis intenciones y montaré en el barco pirata abrazando fuertemente sus restos").

Y me di cuenta de un hecho más. El asunto era volver atrás en el tiempo, pero si volviéramos al ayer, ¿adónde se iría el dinero que pagó el comprador por conseguirlo? ¿Se esfumaría en el vacío? ¿Desaparecería la partida del ingreso en la libreta de la panadería?

Así era. El hecho de que el cliente hubiera depositado el dinero también se rebobinaba. Aun si después él actuaba de nuevo de la misma forma, volvía a rebobinarse. En el peor de los casos, reiteraría la acción mecánica de ingreso y egreso hasta que el mismo cliente cambiara su conducta tras sentir una extraña grieta en el tiempo o debido a un capricho repentino. Él no ganaría ni perdería nada. En cambio, el dueño no tendría ningún beneficio, aunque el cliente lograra su objetivo inicial de acuerdo con la elección que tomara. Más bien, tanto el dueño como nosotros sufriríamos el golpe físico y mental causado por los errores o rencores de alguien más. La razón por la que retroceder en el tiempo costaba tanto era para que no se hiciera tan a la ligera como si se tratara de pan comido.

Entré al taller. Su espalda parecía como la de Atlas sosteniendo el peso del mundo. Manteca, harina floja, huevos, cacao, olor a vainilla. Con sus manos creaba una nueva tarta para el cumpleaños de alguien. El jarabe de caramelo reflejaba la luz que brillaba sobre el hojaldre recién horneado. ¿Por qué el universo no se generaría en un proceso tan simple como el de hacer pan? ¿Por qué el tiempo no se derretiría en la boca como la cinta comestible de papel con sabor a café? ¿Por qué las almas humanas no se quebrantarían crujiendo como obleas? Y sobre todo...

—Lo-lo-lo...

No pude acabar de soltar un *lo siento*. Aunque en este mundo él no fuera el único que se dedicara a estas cosas, parecía un poco cansado al cargar ese peso del universo tan insoportablemente grande como para que lo llevara una sola persona en los hombros. Justo en ese momento, como en respuesta a mis pensamientos, inclinó el cuello hacia un lado y se dio unos golpecitos como masajeando.

—Es-te, pues...

—¿Qué pasa?

"¿Le puedo dar un masaje?", pensé, pero en vez de decir eso le hice gestos de masaje en el vacío con las dos manos.

—¿En serio lo harías? Bueno, entonces, por favor.

Él puso la silla plegable enfrente de la estufa y se sentó. Le di unos golpecitos en el cuello y los hombros, y dije con lentitud:

—Ah... es que...

—Sí.

—El ch-cho-co…la-late…

—Ah, ¿ya los has probado todos?

Eran unos chocolates curiosos. El sonido que hacían en la boca al comerlos no eran sólo crepitaciones como las que se escuchaban en los discos viejos. Del primer chocolate que comí ciertamente se escuchó un *estoy feliz* mientras estallaba. Pero él dijo: "Fe-fe-fe-fe-liz", como si se estuviera burlando de mí.

—Todavía está incompleto. Es que estoy intentando hacer un producto nuevo. Aún queda mucho para completarlo, pero es una obra ambiciosa para el día de los enamorados del año que viene. Iba a lanzarlo a inicios de este año, pero, como su sonido es un desastre, lo dejé. Le pondré el nombre de Fiesta, o algo por el estilo. Hay tres frases diferentes que dicen: "Estoy feliz", "Gracias" y "Te extraño".

—Ah… bueno.

—Para comunicar las palabras con claridad, debo poner el ultrasonido de los ruidos al máximo de modo que no se escuchen. Pero los límites de hercios entre los que los seres humanos pueden escuchar son tan extensos que no me resulta fácil lograrlo. Aunque no es tanto como con los murciélagos.

—Es que…

El sonido de petardo que estallaba no era lo que intentaba. Y lo siento, pero a mi parecer ese sonido tenía al menos un volumen dos veces mayor a lo que él pretendía.

—Ah, ¿acaso no te gusta la comida dulce? Si es así, lo siento. Pero hice mucho esfuerzo para que no estuvieran demasiado empalagosos.

Negué con la cabeza, aunque era verdad que no me gustaba tanto lo dulce como para comerme tres chocolates de golpe. Por otro lado, no se podía decir que su sonido fuera un desastre. Le quedaba muy bien a las personas como yo. Un sonido con demasiados ruidos y *buffer* grave. Pero ya me entenderán aquéllos que deban escucharme. En algún rincón del mundo habrá alguien que escuche mi voz, esa voz que no fue escuchada por la maestra Be ni por mi padre.

Tomando su hombro y haciendo fuerza con regularidad en las puntas de los dedos solté palabra por palabra:

—Pues, es…es-ta-taban…

—Sí, sigue.

—… estaban ri-ricos.

—Bueno, está bien.

—Y…

—¿Qué?

—Lo-lo si-siento.

—¿Por qué?

—Po-por el mal-mal…enten-ten-di-dido.

—Qué tímido eres. Es lógico pensar así, porque eres una persona normal –dijo tomando ligeramente mis dedos que le daban masaje.

—¿Ya lo-lo dejo?

—Sí, gracias a ti se me fue el cansancio. ¿Por qué no estamos así un rato? Quiero descansar un poco más.

—Ah, sí.

Con las manos sobre sus hombros, su cabeza se sostenía apoyada contra mi pecho.

Ah... y sobre todo, ¿por qué las emociones de los hombres no podrán desaparecer como la sal en el agua caliente si para unos a veces tienen menos valor que una lata de atún?

De repente me di cuenta de que la sal nunca desaparece, aunque se disuelva. A menos que se aplique una fuerza o proceso de división, siempre estará ahí.

Chocolate blanco en polvo

Ese *post* estaba colgado en la página principal del sitio de internet.

En el centro de la página de inicio, escritas con letras en negrita, aparecían las noticias principales del día y debajo de ellas los títulos de los *blogs* que habían sido seleccionados por el administrador, así como las publicaciones más visitadas en los sitios web de humor, los mensajes con más comentarios del foro anónimo, etcétera.

La verdad era que yo no tenía nada que hacer, ya que había dejado todo abandonado en casa. Además no había una cantidad masiva de pedidos en la *panaderia-encantada.com* y se podía decir que el verano era la temporada baja, porque no había Navidad ni Día de los Enamorados.

Debido al tedio había aumentado la cantidad de tiempo que inútilmente navegaba por internet. Tampoco podía costear los juegos de computadora, ya que los pagaba por medio del teléfono móvil olvidado en casa. Pero salvo esto, yo parecía un completo antisocial patológico. Y además no podía leer los libros en hebreo, latín o inglés que el dueño tenía dentro del horno.

Fue pura casualidad que hubiera hecho *clic* sobre aquel título. Era natural que saltara a la vista, ya que decía: "Quiero denunciar el sitio web de un hechicero estafador".

Era un *post* de "Lo más visto", la etiqueta que ponen en los *posts* con una cantidad aplastante de comentarios y visitantes. Estaba en un foro anónimo, pero podía deducir quién lo había escrito debido a su contenido. Se trataba de la chica del uniforme que había comprado la galleta diabólica.

No tengo ganas de transcribir aquí lo que ella había escrito, puesto que su manera de expresarse era muy desagradable. En general, describía con minuciosidad sólo los insultos que el dueño le había dicho, y omitía el hecho de que una compañera de su clase había muerto a causa de la mala elección que ella había tomado. Decía que había ido a la tienda a solicitar el servicio a clientes porque el efecto del producto no había sido el esperado, pero que en un principio ni siquiera se le permitió el ingreso y que luego de entrar no le hicieron caso ni la escucharon. Y añadía que entendía que no pudieran ofrecer el servicio al cliente después de la compra, pero que lo peor había sido que el dueño la maldijo al final. Debido a eso sufría de pesadillas todas las noches y estaba bajo tratamiento en una clínica psiquiátrica para adolescentes, pero su condición no mejoraba. Por más que le dijera al médico que tenía pesadillas por las maldiciones, éste no le creía y consideraba que estaba completamente loca, lo cual la sacaba de quicio. Además de todo esto, en su publicación estaba escrita la dirección de nuestra página web, *panaderia-encantada.com*, sólo con algunas letras sustituidas por unas *x*.

Debido a este escrito, el tráfico de nuestra página se disparó más de lo normal. En el foro de clientes se publicaron en forma anónima tantas bromas y calumnias repletas de vulgaridades que no podíamos controlar. Pusimos un anuncio que decía: "Borraremos de manera arbitraria las calumnias y difamaciones sin fundamento", y las eliminábamos en cuanto aparecían, pero el fuego una vez que ardió duró más de dos días. La mayoría eran troles digitales que visitaban la página por entretenimiento, pero también había clientes que tenían rencores guardados y habían esperado la oportunidad de vengarse.

El ave azul le pidió al encargado de aquel portal de internet que borrara de "Lo más visto" el *post* en cuestión que estaba colgado en la página de inicio, pero su respuesta tras el teléfono había sido muy seca.

—Sólo puede borrarlo quien lo escribió. Además, dado que el original incluye el enlace, no se puede solicitar así por teléfono. Tiene que enviarnos el anverso y reverso de la tarjeta de identificación del creador del *post* para comprobar la identidad. Así que no hay nada en que podamos ayudarle.

—¿No importa que perjudique el negocio de terceros? —replicó el ave azul con un tono tranquilo.

—Es que si contuviera nombres de personas famosas o funcionarios de alto rango que pudieran provocar un pleito por difamación, o si se tratara de propaganda de tiendas en línea o páginas para adultos, o incluyera contenidos lascivos o violentos, lo podríamos borrar sin avisarle al autor. En este caso más bien le podemos dar una advertencia. Pero es difícil considerar que se trata de un insulto, ya que no contiene malas palabras, así que más bien podemos decir que se trata de una denuncia a la cual el cliente tiene derecho. Y es que si cada vez que recibimos un reclamo borráramos cualquier *post* sin ningún criterio, eso también podría ser una violación a los derechos de nuestros miembros. En caso de que hubiera puesto claramente la dirección de la página web, podríamos avisarle que lo borraríamos por esa razón, pero ocultó la dirección como pudo. No podemos hacer nada respecto al exceso de visitantes que entraron en su página al adivinar la dirección por suposición. Por eso antes de que el autor nos lo confirme, no podremos borrarlo por completo a nuestro antojo. Pero por lo menos haremos que el título no aparezca en la portada tal como está.

—Ahora prepárate para volver a casa lo más pronto posible –dijo el dueño tras una pausa larga luego de enterarse de toda esta situación.

¿Eso era todo?

Sí, era natural que eso fuera todo. Aunque me preocupara junto con ellos, no les sería de ayuda en absoluto.

Como sea, me quedé perplejo en un principio. ¿Soy una persona tan poco confiable? ¿Les produce más molestias que yo esté aquí en estas circunstancias?

—A...a-hora... En-en-ton-ce-ces, a-ahora mi-mismo...

Ahora mismo me marcho. ¿Por qué no?

Me parecía que tardaría mucho tiempo en terminar de decir las palabras (pero la verdad era que no quería mostrarles mi cara sonrojada por la compleja emoción que me causaba pensar que les era una persona ajena). Así que dejé de hablar y me volví. Mi vista se quedó oscura como una escena en negro. ¿No me habían dicho que podría quedarme aquí cuanto quisiera? ¿Era tan ligera esa promesa como para que la rompieran en cuanto cambiara la situación?

En ese momento el dueño me tomó del brazo.

—Tranquilo. No hoy, sino mañana. Tengo algo que darte.

Asentí con ligereza y regresé al horno. Me sonó más pesado el ruido de la puerta al abrirse.

A fin de cuentas no he sido nada desde el principio hasta hoy, y del mismo modo volveré a donde me encontraba al comenzar. Aunque me había dicho a mí mismo que estaba preparándome para volver, tal vez lo que de verdad quería era esconderme o huir. Mientras que mi cabeza sabía cómo se sentía pisar la tierra, mi corazón quería seguir colgado en el vacío, cual cuerda de columpio.

De todos modos, tal como ordenó el dueño, bloqueé las compras de todos los productos que se ofrecían en la *panaderia-encantada.com* y colgué un nuevo anuncio en una ventana emergente: "La página se encuentra en renovación. Abriremos lo más pronto posible".

Luego imprimí las notas de los últimos pedidos que recibimos antes de que se publicara el anuncio.

El ave azul terminó el trabajo antes de lo normal y regresó al horno. Todavía quedaba mucho tiempo antes del anochecer, ya que había sido el día con más horas de luz de sol entre muchos.

—Ya mañana es el día de tu despedida.

Pensé que era un comentario trillado y sonreí ligeramente. ¿Cuál despedida? A menos de que no pudiera volver a salir nunca más de la casa, podría venir a la panadería como cliente y nos veríamos.

Pero de repente se me ocurrió algo y levanté la cabeza. A lo mejor ellos estaban pensando hacer las maletas. Estaban planeando marcharse.

¿Por qué? ¿Nada más por un *post*? Sabía que aquello iba a causarle pérdidas económicas a la administración de la tienda, pero no podía entender que se marcharan por eso.

—Todavía no es seguro… Pero si la policía nos hace una investigación, es posible que tengamos que mudarnos. Hemos hecho lo mismo hasta ahora. Cuando llega una acusación alteramos todo, cerramos la página web y montamos la tienda en otro lugar. La panadería en sí misma no hay por qué mudarla, ya que de algún modo obtuvimos la licencia comercial… Pero en el caso de la tienda en línea, como está llena de productos un poco raros, a veces recibimos partes donde se nos comunica la suspensión del negocio. Como el uso de internet está muy desarrollado, los medios de denuncia están tan extendidos que se nos señala con más frecuencia, pero el hecho de que no hubiéramos tenido que cerrar la tienda en línea a menudo se debe a que el servidor se encuentra en un país extranjero. El incidente de hoy no es poco común.

Lo que pasaba era que el dueño, preocupado por mí, quería que me escapara antes de que estuviera en un apuro cuando la policía viniera a la tienda. No podía estar escondido en el horno indefinidamente, y si ellos sin querer llegaran a ausentarse por demasiado tiempo, yo no podría salir de ahí.

A este horno no podía entrar cualquier persona. Si alguien que no fuera bienvenido abriera el horno desde afuera, se encontraría con tres negras paredes bloqueando los tres costados internos y con las bandejas en que se pone la masa de pan. El horno quedaba así convertido en uno común y corriente. Si yo demorara más tiempo aquí y ellos desaparecieran sin aviso, podría ser que me quedara encerrado en el horno para siempre.

No podía dejar de ser una molestia para ellos hasta el final.

Si yo hubiera sido una persona un poco más sobresaliente. No, más bien, si hubiera sido mejor persona de lo que era... No, no hace falta ir tan lejos, si tan sólo hubiera sido yo mismo, ¿acaso dejaría de sentir la desesperación e impotencia que siento ahora? Es insoportable enfrentar el instante en que uno se da cuenta de cuán nimio e inútil es su propio ser.

—En el mundo de los humanos, nuestros documentos de la venta y la reclamación de esa clienta no son más que una prueba circunstancial, por esa razón no nos importan demasiado. Por mucho que investiguen los componentes de las galletas, no obtendrán los resultados que buscan. Pero una vez que nos visiten, volverán con regularidad al acecho de pruebas. Fue por eso que nos mudamos aquí hace cinco años.

—¿Q-qué...qué pa-pa...só ha-ha-ha...ce ci...cinco a...a...ños?

¿Será que había sido por una queja y una denuncia de un cliente igual que esta vez?

El ave azul hizo una pausa respirando de manera profunda.

—Una vez, sólo una vez... –ya estaba anocheciendo. Su tono de voz resultaba trágico, como si quisiera decirme sólo esto antes de convertirse en un ave imposibilitada para hablar– resucitó a un muerto.

En silencio, la miré fijamente a los ojos. Hubiera sido una descortesía mostrar alguna reacción física en tal trance. Sin embargo, dentro de mi cabeza ya se estaba repitiendo decenas de veces una imagen de caída libre. ¿Se trataba de lo que el dueño había dicho sobre aquello de no meterse con la vida y la muerte? ¿Había hecho algo así?

Ella dijo que ésa fue la razón por la que se mudaron tras poner fin al negocio que tenían en una ciudad grande en provincia.

Según ella, hace tanto tiempo que ya no podía recordar cuánto, él curaba a los seres moribundos con los que se encontraba. Sobra decir que el ave azul también había sido uno de esos seres. Cuando el pájaro al que se le habían roto las alas cobró conciencia, se quedó al lado del dueño como si lo tuviera grabado, del modo en que lo hizo el patito feo recién salido del huevo. Éste es un modelo común en los cuentos, pero en realidad era extraordinario que un ave renunciara a volar y se quedara en un mismo lugar. Es decir, el ave azul tampoco tenía otra opción, ya que se convertía en un ser humano de día debido a los efectos secundarios de la magia regenerativa. Es difícil marcharse a un lugar desconocido cuando se tiene cuerpo humano la mitad del tiempo. Pero el ave no le reprochaba al que la había salvado.

Por otro lado, el mago, quien salvaba a muchos seres al borde de la muerte, llegó a albergar un afán secreto. Lo que él anhelaba era resucitar a un humano ya fallecido, cosa que no había intentado ni una vez, aunque salvaba a muchos animales y vegetales.

Sabía que era peligroso y que no se debía hacer, pues, aunque no hablaran de ello, es algo que todos los magos conocen. Con su muerte, los organismos llegan a constituir una parte de los movimientos del universo, pero si no se descompone lo que debería haberse descompuesto, y permanece vivo y en movimiento, se produce un efecto secundario en la corriente del universo material. No es más que un cambio tan pequeño como el tamaño de una bacteria, pero se convierte en un motivo de perturbación en el sistema de la cadena trófica. Conscientes de esto, los magos rechazan el impulso de corregir el principio de la vida y la muerte en el universo.

Sin embargo, ésta es una tentación con la que los magos se enfrentan siempre: la de querer saber hasta dónde puede llegar su poder; el deseo de dominar el balance que existe entre la vida y la muerte.

"Una vez, sólo una vez…"

Así dijo el dueño en un murmullo, pero esa *única vez* a la que se refería había sido un ensayo preliminar antes de empezar la resucitación formal de la vida humana. Inconscientemente pensó que tras terminar una prueba de forma exitosa tendría la confianza necesaria para salvar a más personas.

¿Qué era lo que debía hacer, entonces?

Necesitaba un conejillo de indias. O sea, necesitaba un humano para hacer las pruebas. Un humano que no le importara a nadie, aunque se deformara como el monstruo de Frankenstein, se cayera al dar unos pasos o le pasaran varios infortunios. Un hombre que no hubiera tenido mucha importancia cuando estaba en este mundo; mejor dicho, un hombre insignificante que no sería de mucha ayuda a la humanidad.

El error… fue creer que existía *un hombre insignificante*. A causa de su excesiva confianza, se olvidó del principio más básico de todo mago. ¿Cómo pudo, siquiera por un momento, pensar que existía un ser insignificante cuando creer eso representa la mayor descalificación como mago?

El mago había obtenido el cadáver de un rufián recién muerto justo antes de que comenzara a pudrirse. Y luego procedió a esparcir sobre los dos orificios nasales, en la boca y en los oídos el chocolate blanco en polvo que había preparado para esa ocasión.

El resultado fue exitoso.

El problema estuvo en lo que hizo el rufián apenas resucitó.

No se sabe si pasó ante sus ojos todo su pasado antes de morir congelado en su embriaguez, o si había tomado la resolución de hacer lo que hizo en caso de volver a nacer. Pero al revivir mató como un loco a cinco personas durante una misma noche y luego se suicidó. Según la investigación de la policía, uno era el compañero que había arruinado su negocio y las otras cuatro personas eran su exesposa, las dos hijas y el nuevo marido de su mujer.

Parecía tratarse de una venganza común de un hombre de clase baja. Y el mago decidió considerar los acontecimientos de ese modo y aparentó inocencia, pero cuando lo visitó la policía y le mostró las fotos de las víctimas se dio cuenta de que se había equivocado.

Las dos gemelas no idénticas eran clientas que visitaban muy a menudo su panadería. El dueño solía recordar a los clientes, pero aquellas chicas eran especiales entre los demás.

Ellas eran muy *prudentes* al elegir el pan, principalmente porque no tenían mucho dinero y por ello eran tan precavidas que parecía que su futuro dependía de esa elección. Por lo regular, al dueño lo irritaban los niños, pero no le disgustaban estas niñas que sin querer eran apenas un poco veleidosas a la hora de tomar decisiones… Y era verdad que él sabía por qué las gemelas demoraban tanto tiempo al elegir.

La mayor de ellas se sentía atraída por el dueño. Ella trataba de esconder lo que sentía, pero se notaba en todos sus gestos, así como en las miradas que le dirigía, a veces volteándose avergonzada, o en el tono en que preguntaba los ingredientes de las galletas. Consciente de ello, él fingía no darse por enterado y soltaba algunas risitas; lo cual no quería decir que la despreciara. Pensaba que era bonita. Aunque eso era todo, pues no estaba para relacionarse con un ser humano, y no rechazaba sin distinción a quien le mostraba simpatía, sino que buscaba tratarlo con la mínima cordialidad. Así que ésa no era la sonrisa formal de comerciante, sino una negativa amable e indirecta al sentimiento que no puede aceptarse y la mejor cortesía que él podía ofrecer.

El dueño se esforzó por calmar sus temblorosos labios al ver las fotos y fue su expresión tranquila la que le causó antipatía al agente.

"Oiga, ¿de verdad no siente nada al enterarse de que unos de sus clientes han sido asesinados con violencia? ¿Con un carácter así cómo puede dedicarse a un negocio donde debe tratar con la gente?"

La policía encontró rastros del chocolate blanco en polvo en el cuello de la chaqueta del hombre que saltó del décimo quinto piso del edificio tras asesinar a toda la familia. Y empezó la investigación suponiendo que se trataba de una de esas nuevas drogas que controlan la mente de los hombres. Pero pronto se agotaron las escasas muestras y no encontraron algún componente anormal. Sin saber que ese hombre había muerto una vez, la policía había llegado a la panadería sólo siguiendo la pista del polvo de chocolate.

El dueño fue privado del polvo del chocolate blanco que tenía y fue requerido algunas veces por la policía, pero al final salió exonerado porque no se pudieron obtener evidencias de nada. Pero los vecinos, al ver que descuidaba la tienda por estar yendo a la policía, supusieron vagamente que tenía alguna relación con el asesinato de aquella familia.

Su proyecto de regeneración de la vida humana culminó con el incendio que provocó por un arranque de ira. Él no mostró pesar por la muerte de las gemelas y, después de mudarse de esa ciudad, no volvió a decir ni una sola palabra acerca de ellas. Pero el ave azul podía captar en su semblante el impacto que le había causado y cuánto se lo reprochaba a sí mismo.

Entonces pude entenderlo y recordé la ocasión en que le pregunté: "¿Quién no se ha equivocado alguna vez en la vida? ¿Acaso usted nunca ha hecho una mala elección?"; y él me había contestado: "No estoy diciendo que el hecho de que hayas tomado una decisión incorrecta sea malo. Lo que quiero decir es que debes ser responsable de las consecuencias de esa elección. Pues si sigues dependiendo de las fuerzas invisibles para hacer frente a esas consecuencias, tus decisiones derivarán en una dirección que no tendrá vuelta atrás".

A lo mejor él quería resucitar a las gemelas al sentirse responsable de su decisión incorrecta, pero no pudo hacerlo. O también podría ser una resolución o el primer paso para no tomar otra mala decisión. Ésa era la razón por la que rechazaba fríamente a los clientes que sin querer habían sido muy caprichosos a la hora de tomar decisiones.

La chica ya se había convertido en un pájaro y estaba posada sobre el reloj cucú.

Tenía que volver a casa al amanecer, pero mi situación no había cambiado mucho desde el momento de mi llegada y todavía no estaba listo. No había nada que quisiera más que evitar la predecible confrontación final. En el lugar al cual regresaría no me esperaba una reconciliación de ningún tipo ni la perspectiva de un mejor porvenir. A lo que tendría que enfrentarme yo solo sería a la inhospitalidad o a la violencia que había provocado un malentendido. Si lograba soportar ese tiempo sano y salvo, cuando quedara claro que yo no tenía ninguna culpa, habría de pedirle un favor a mi padre, aunque lo hiciera un poco más pronto de lo que pensaba: "Ya que viven aquí ustedes tres, ¿podría yo irme de esta casa?" Mi padre no me va a escuchar y la maestra Be va a decir que quién me crió para atreverme a decir esas cosas: "Cariño, ¿has escuchado lo que ha dicho? ¿Ya viste que desde el principio tu hijo nos tiene a Muji y a mí en menos estima que a un perro? Todo es culpa tuya porque siempre lo has solapado refiriéndote a él como a tu hijo y hablando de su madre". Al hablar así, probará que efectivamente fui yo quien no la reconoció y le cerró el corazón primero, y que por eso era yo el principal criminal que arruinó a la familia.

Echado sobre la colcha desplegada en el suelo dibujé en la mente los planes específicos para el futuro. ¿Cuánto dinero había ahorrado hasta ese momento? Tendría que pedirle a mi padre que me prestara un poco, aunque me muriera de la vergüenza al hacerlo. No, quizá fuera posible alojarme por un tiempo en un albergue. Como fuera, para poder conseguir cualquier trabajo tendría que mentir sobre mi edad y obtener la licencia para conducir una motocicleta y...

¿Ah?

Sonó un crujido en la cabecera. Era una hoja tamaño carta. Tal vez se había caído al imprimir los últimos pedidos. Me levanté y di la vuelta al papel para verlo. Era el número de modelo de un muñeco vudú de un niño de entre quince y veinte años. Madre mía. Me había dicho el dueño que tardaba mucho tiempo en hacerlo. Si se lo llevaba rápido, ¿podría terminarlo a tiempo? Quizá no le importaría si no era día de luna llena.

Pero...

La dirección y el nombre me eran familiares.

Me detuve a mirar fijamente el papel por un rato y empecé a reír poco a poco con un temblor de hombros. Mi risa se fue elevando más y más sin darme cuenta.

Hasta que me desplomé carcajeándome como un loco. De repente se me emborronó la vista. El ave azul se posó sobre mi hombro. Quería que ella me pegara una bofetada con sus alas blandas y ágiles mientras yo seguía riéndome meciendo el cuerpo hacia atrás y adelante. Mantén la compostura, por favor.

¿Ella también creía en esas cosas? ¿O es que me odiaba tanto como para pretender dañarme con este tipo de artilugios, aunque no creyera en ellos? ¿Qué fue lo que le hice?

En el papel estaban escritos la dirección de la casa donde había vivido y el nombre de la maestra Be.

Justo en ese instante

Todavía tenía en mis labios una sonrisa demencial. Murmurando palabras de las que ni yo mismo estaba consciente, le entregué al dueño el papel del pedido.

Él lo miró sin decirme nada. A pesar de que yo nunca le había referido la dirección exacta de mi casa ni había dicho el nombre de la maestra Be, por mi actitud pudo darse cuenta de lo que estaba pasando y de inmediato volvió en silencio a sus ocupaciones.

Al considerar su forma de ser, yo no esperaba un consuelo o una salvación de su parte. Pues él era un comerciante de productos (si bien con ingredientes más bien raros) que manufacturaba de acuerdo con la delicada estructura del capitalismo. ¿Qué podía esperar de él? ¿Acaso quería que me dijera que no aceptaría este menudo encargo?

Pero tampoco creí que fuera posible que elaborara un muñeco en verdad parecido a mí.

El dueño, tal y como lo había pedido la clienta, hizo un muñeco vudú de mazapán con la forma de *un chico de quince a veinte años*. Quizá fue porque tenía justo al lado al sujeto en cuestión, pero amasó tan rápido y sin vacilar un rostro con tal parecido al mío que te ponía los pelos de punta. Normalmente cuando hacía estas cosas no le gustaba que estuviera a su lado ni siquiera el ave azul, pero esta vez no me dijo que me retirara, aunque me quedé mirándolo toda la noche sin cerrar los ojos. Ah, claro, pensándolo bien, me dejó quedarme porque necesitaba ver al modelo. Ya estaba despuntando el alba cuando lo terminó.

El ave azul, que iba entrando en la tienda, se detuvo en seco al ver el producto acabado. Yo estaba sentado con una sonrisa de resignación al lado de la mesa sobre la que estaba mi reproducción.

"¡Qué cosa tan…!", dijo con lentitud como vacilando.

No tenía que decir nada. Yo también lo sabía. Quería decir que era demasiado, ¿no?

El dueño aún no decía nada. Yo tenía que hablar por voluntad y decisión propia sin esperar a que otros hablaran por mí.

—Yo… –dije, y el pájaro azul y el dueño voltearon a verme al mismo tiempo–. Yo… Es que… Ya saben… Es…esto, yo, lo llevo… voy y… entrego… yo mismo.

Él me miró por largo tiempo y luego, afirmando con la cabeza, lo envolvió con cuidado.

—Está bien –fue todo lo que dijo.

"Por favor, déjate de tonterías", me dije. ¿Qué quería que me dijera? ¿Esperaba que dijera que no era posible, que era absurdo mientras arrojaba el muñeco al suelo y lo pisoteaba?

Metió el muñeco envuelto en una bolsa grande de papel y lo puso encima del mostrador. La figura no era precisamente pequeña, pero empacada de ese modo, con varias capas de envoltura, parecía aún más grande. Si mi padre veía esta cosa tan grande y si se enteraba de que lo había comprado la maestra Be, ¿qué pensaría? ¿Ella de verdad lo había comprado con la intención de usarlo? ¿En serio pensaba clavarle alfileres cada noche al muñeco en la cabeza o en el pecho? La intención que tenía de enfrentarme con valentía a la situación, al menos por esta vez al regresar a casa, se esfumó casi por completo al ver este muñeco. Si una profesional de la educación con una buena posición social y no tan joven como para creer en lo que se considera superstición o superchería compró un muñeco vudú para hacerme sufrir poco a poco, ¿qué me quedaba por decir o hacer frente a ella?

—Con permiso –dijeron dos hombres que entraron a la tienda acompañados del sonido de la campana.

Pude intuir que se trataba de policías. ¡Qué rápido vinieron! Con sigilo tomé la bolsa que estaba sobre el mostrador.

—Oiga, suelte eso –dijo uno de ellos interponiéndose y yo detuve mi mano que aún asía la bolsa.

—Lo han acusado muchas personas a la vez –dijo el otro hombre mientras abría su cartera para mostrársela al dueño–. Por eso queremos que venga con nosotros a la comisaría. Usted es el dueño, ¿verdad?

En vez de responder, el panadero sólo afirmó con una inclinación de cabeza torcida e indiferente con el tipo de actitud que suele sacar de quicio a los agentes de policía.

—Kim, mete esto en una caja y llévatelo –dijo y señaló los panes en el mostrador–. Usted, señorita, ¿es dependienta? Háganos el favor de venir también. Y usted... ¿es un cliente? ¿No me escuchó? Suelte eso. Lo necesitamos.

Sin darme cuenta, tomé la bolsa con más fuerza. La abracé a mi pecho tratando de no hacerle daño al muñeco. Se logró escuchar el crujido de la bolsa. Lo que me importaba no era el muñeco en sí, aunque no se lo pudiera llevar a la maestra Be, sino que desafortunadamente se parecía mucho a mí. Y, sin importar la razón por la que ellos hubieran venido, que descubrieran el muñeco no sería favorable para el dueño.

—Si no quiere soltar eso, usted también tendrá que venir con nosotros. Kim, quítaselo de las manos.

En ese momento, el dueño abrió la boca con lentitud.

—Chicos, tápense los oídos.

Me colgué la bolsa al hombro y tapé mis oídos con las palmas imitando a la chica del mostrador. Enseguida el dueño murmuró algo en voz baja. No pude saber lo que decía, ya que me estaba tapando los oídos con todas mis fuerzas, pero por el movimiento de sus labios parecía haber dicho algo como: "Silencio. Quédense quietos", o algo por el estilo.

Hubo un cambio en el ambiente. Los policías estaban parados sin hablar, como si sus lenguas y sus cuerpos estuvieran petrificados de verdad. No podían mover a su antojo ni sus propios ojos. Y sin embargo, en sus pupilas se manifestaba claramente su perplejidad.

—Vete ya. Corre, que no hay tiempo.

Sus palabras cayeron como relámpagos, y enseguida me di media vuelta y salí en carrera hacia la salida.

—Espera un momento –llamó de nuevo cuando ya estaba abriendo la puerta.

Volteé la cabeza y me lanzó un objeto ligero envuelto en el papel de cera. Lo atrapé por instinto.

—Llévatelo.

Recordé que había dicho que tenía algo que darme. Yo no sabía qué era y sólo corrí de manera frenética llevándolo en la mano. A modo de única despedida, lo más que pude hacer fue guardar en mis pupilas la imagen del dueño y del ave azul antes de voltear la cara. "Por favor, no se vayan que volveré cuanto antes, apenas termine de resolver mi asunto." Sin embargo, resolverlo pronto no era más que una absurda esperanza.

Tras adentrarme en la urbanización pude recobrar el aliento y mirar detrás de mí. Nadie me estaba persiguiendo. ¿Cuánto tiempo duraría el encantamiento? ¿Lo seguirían fastidiando después de liberarse de la magia invisible? Si el mago no hubiera lanzado el hechizo, probablemente todo hubiera terminado con una simple investigación, pero por mi culpa estaba metido en apuros hasta el final.

Aminoré el paso. Se liberó la tensión de mis hombros provocando que se deslizara la bolsa que tenía colgada. También se aflojaron mis manos que tenía bien apretadas, y sentí que se me secaba el sudor de las palmas. Escuché el ruido de algo al caer. Miré mis pies. Se trataba del paquete envuelto en papel de cera que llevaba en las manos y cuyo contenido desconocía.

Ah, ¡es verdad!, me dije. ¿Qué me había dado? ¿Algo digno de dar a quien comienza la huida? Temiendo que se hubiera roto, quité la pegatina que sellaba el envoltorio.

Estuve a punto de soltarlo cuando por reflejo me regresó la fuerza a las manos.

¿Por qué me dio esto a mí?

Una cosa tan mortalmente cara y peligrosa que de no usarla de manera adecuada podría equivaler a la aniquilación de la humanidad.

El rebobinador del tiempo.

Me quedé parado olvidándome de caminar y sumido en mis pensamientos. Podría sólo tratarse de una simple galleta de merengue. No podría comprobar de qué se trataba hasta comerla. Pero en todo caso, ¿qué significaría que me regalara sólo una galleta que además estaba tan bien envuelta?

Era verdad que, sin pensarlo tanto, me bastaba con comerla para saber la verdad. Estuve a punto de tomarla pero me detuve. Había dudado entre regresar a casa o no, pero lo que estaba pasando nunca estuvo entre las numerosas posibilidades que contemplé. Por eso todavía no podía decidirme a qué época volvería. Si lo comiera sin tomar una decisión, se convertiría en una galleta de merengue común y corriente, igual a la que queda al romper el rebobinador con las manos.

¿Antes de conocer a la maestra Be? ¿Antes de que mi madre se colgara del candelabro? ¿O un poco antes de eso, o sea, antes de perderme en la estación de Cheongnyangni? Momento, ¿acaso me estaba permitido rebobinar tanto tiempo? Si yo no pagué nada por él... ¿qué pasaría con la *grieta*, con la *pérdida*?

De nuevo empecé a andar con lentitud, paso a paso. El dueño me lo había dado sin ninguna condición. Quizá en esta galleta había concentrado el mayor de sus poderes entre los tipos de magia que podía usar. Es decir, me había dado su permiso. El permiso de que todos los seres existentes compartieran la responsabilidad y de que yo pudiera rebobinar cuanto tiempo quisiera.

Seguí caminando mientras recordaba lo que había olvidado. Se volvía claro hasta dónde podía rebobinar el tiempo. Me dijo que se podían modificar las relaciones, pero que no se podía recuperar el destino. No podía resucitar a mi madre. Entonces el tiempo que podía elegir era naturalmente hasta antes de conocer a la maestra Be. Rebobinar tanto tiempo agravaba mucho la carga en cada ser, por ello sería mejor hacerlo por lo menos hasta antes de que la relación entre la maestra y yo empeorara. Si esto también era demasiado, ¿hasta qué momento? ¿Antes de que le ocurriera aquello a Muji? Pero ¿cómo podía saber yo desde cuándo había sufrido eso? Además, aunque por suerte rebobinara hasta ese momento, ¿podría garantizar que no le pasaría lo mismo a ella, cuya vida seguiría un camino sin relación alguna con la decisión que yo tomara?

Dado que decidir a qué momento volver no era un asunto que podría resolver en el camino, me puse de nuevo en marcha hacia la casa, que aún se veía lejos. No estaba de más decidirlo tras enfrentarme con la maestra Be y ver qué sucedía en ese sentido. El poder que llevaba en mis manos era demasiado grande como para usarlo sólo para evitar lo que pasaría hoy.

¿Debía tocar el timbre o no? A esas horas no habría nadie en casa. Mi padre solía trabajar los sábados y la escuela de la maestra Be también estaría de nuevo en clases, incluso los sábados, después de vacaciones.

La llave que tuve todo el tiempo en el bolsillo estaba cálida. Si sólo la casa hubiera sido tan cálida como este pequeño hierro, quizá yo...

Metí la llave en la cerradura y la giré esforzándome por no hacer ruido, por temor a que alguien estuviera en casa. Era verdad que no importaba tanto encontrarme con alguien, ya que no estaba aquí para robar algo, pero me di cuenta de que yo siempre había salido y entrado como un ladrón. Creo que fue en una película o un libro donde vi la historia de un hombre que no sabía que estaba viviendo con un ladrón. ¡Cuánto nos habíamos esforzado para no mirarnos a los ojos en esta pequeña casa!

No era culpa de nadie, porque cada uno de nosotros eligió que fuera así desde el principio, en vez de intentar estar tranquilos y llevarnos bien. La maestra Be eligió el control, la presión y el deseo de poder; yo elegí la indiferencia y aguantar todo aquel escarnio sin mostrar ninguna reacción. Su comportamiento, si bien desproporcionado, había sido un esfuerzo por dejar en claro esto: "Yo soy tu madre" –y entre los requisitos para ser madre, ella estaba obsesionada con el de tener el control–. Si yo no hubiera tenido ni un poco de rencor hacia mi padre y me hubiera sometido a los deseos de ella de acuerdo con los principios de lo que constituye a la familia, ¿las cosas podrían haber sido diferentes?

Pero con lo que estaba pasando frente a mis ojos me pareció que no podría haber sido así.

Cerré la puerta sin hacer ruido y pasé por la habitación pequeña, la cocina y la mesa. Hasta ese momento pensaba que no había nadie. No me correspondía adentrarme así en la sala, pues *hasta aquí era mi lugar*, como me decía la maestra Be. Tenía que haber entrado directamente a mi habitación, que estaba justo al lado de la puerta principal, y cerrar. Sin embargo, volteé la cara automáticamente al escuchar un ruido pequeño, desesperado y de repugnancia en un rincón de la casa que me pareció que venía de la habitación de mis padres.

Muji estaba sentada en la cama con la cabeza apoyada contra la ventana murmurando algo con el ceño fruncido, mientras un hombre de espaldas a mí metía la mano bajo su ropa. "Tengo que ayudarla, gritar y ahuyentarlo", pensé.

Fuera quien fuera debía hacerlo. Sin embargo, como si mi tartamudeo hasta entonces no hubiera sido sino vaticinio previo a este momento, se cerró mi garganta y no pude emitir sonido alguno. En ese instante los ojos de Muji se cruzaron con los míos y golpeó en el hombro a aquel sujeto con un grito nervioso. Él adivinó el significado de aquel golpe y echó una mirada hacia atrás.

Ahí me encontré con la cara de mi padre llena de emociones indefinibles parecidas al caos y al espanto.

Yo también tendría la misma expresión, pero no era tan tonto como para no darme cuenta de lo que estaba pasando. La expresión de mi padre semejaba todos los deseos, las emociones y los tormentos humanos contenidos en un recipiente; percibí el sonido que hacía Muji al arreglar su ropa deseando salir de la casa, pero sin poder hacerlo porque tenía que pasar a mi lado, y la sensación de las asas de la bolsa deslizándose por mi hombro.

Ahí fue que me di cuenta de las intenciones del rostro de mi padre tan indiferente a mis problemas e inexpresivo hasta en mis sueños, y también del porqué de su consejo ruin pero práctico: "¿Para qué haces el problema más grande? No va a ser nada bueno para la niña que se haga un mayor escándalo".

—Ah, ah… oye… –musité.

"¡Habla! ¡Por favor, habla! Habla a como dé lugar", me dije. Pero el sonido de mi voz se hundía en lo profundo de la oscuridad, como si una mano saliera de mi garganta y tirara de mis cuerdas vocales.

—¿Qué carajo estás haciendo?

Una voz fría se escuchó a mis espaldas. Yo estaba helado mirando la escena desde la puerta y la maestra Be estaba detrás de mí. Parecía estar tardando en digerir la situación y por unos segundos se quedó detenida sin mostrar ninguna reacción.

Hasta que de pronto me empujó y entró dando unas grandes zancadas. A causa de eso me golpeé el hombro con el marco de la puerta y se me cayó el rebobinador del tiempo. Las migas de lo que parecía una simple galleta de merengue se esparcieron por el suelo.

La maestra tomó a mi padre por el cuello y lo sacudió sin decir palabra. No le sería posible decir lo que quería ante tremenda escena.

—Eh... eh... eh... —dijo una voz que no era para nada la mía.

Mi padre volvió la cabeza evadiendo la mirada de la maestra, pero al volverse a la izquierda, se topó con Muji y sus pupilas de emociones perdidas; al volverse a la derecha, se encontró con mi rostro estupefacto cuando en tal situación ya no me quedaba ni el derecho a desplomarme. Para mi padre ya era tarde para excusas, por fin tenía que hacer frente a la situación.

—¡Hijo de puta!

La maestra lo empujó hacia el suelo y comenzó a aventarle todo lo que tenía a la mano dentro de la habitación. Empezó con la almohada y el libro, y luego fue aumentando en intensidad con el control remoto, el despertador y frascos de cosméticos para terminar con la lámpara de mesa. El frasco acertó en la frente de mi padre y lo hizo sangrar. Fragmentos del despertador, que se rompió al rebotar contra la pared, rasguñaron las piernas de Muji. Otro frasco se rompió en mil pedazos al chocar contra el armario, haciendo extenderse un aroma a lavanda que desentonaba tanto con esta situación que la hacía cómica.

Muji rompió en llanto cubriéndose la cara con las dos manos, pero no gritó: "No, mamá, detente", como sería normal que hiciera una niña en una pelea matrimonial donde alguien acabara sangrando. En lugar de eso, lloraba cada vez más fuerte como si estuviera instigando a su madre, y mientras tanto se limpiaba sin inmutarse la sangre que escurría de las heridas en sus piernas.

—Ya, por favor, cálmate… —dijo mi padre en voz baja, pero antes de que terminara de hablar, la maestra le gritó jalándose el pelo.

—¡¿Cómo quieres que me calme ahora, hijo de puta?!

Con sus brazos aventó al suelo todas las cosas que estaban encima del tocador, las cuales se rompieron al caer. En un bote sobre el mueble encontró una navaja para las cejas, que, aunque no era un arma mortal, la empuñó como tal y se dirigió hacia mi padre. Me pregunté qué iba a hacer con eso. Si yo fuera un buen hijo, en esta situación me lanzaría enfrente de mi padre impidiendo que la maestra le cortara la carótida o algo así. Pero ya no me quedaba esa lealtad hacia él.

Al darse cuenta de mi presencia, se dirigió hacia mí, que hasta entonces parecía formar parte de la escenografía, pues no había mostrado ninguna reacción. Un momento, ¿por qué hacia mí otra vez? Si acababa de ver que no fui yo… No, quizá dentro de la confusión que reinaba en su cabeza estaría ideando una historia en la que el padre y el hijo en complicidad habrían violado a la niña al mismo tiempo.

Justo en este instante: hora de rebobinar el tiempo. Esto nunca estuvo entre los casos posibles que había imaginado. Yo había regresado esperando simplemente tener una conversación normal y lógica acompañada de la risa de escarnio de siempre. ¿Cómo era que me pedían que soportara esto? Por favor.

—Es tu culpa… ¡Todo es tu culpa!

¿Por qué todo era mi culpa? Ella se lanzaba sobre mí como en cámara lenta. Casi al mismo tiempo doblé mis rodillas para recoger el rebobinador del tiempo que estaba en el suelo. Tenía que meterlo de inmediato en mi boca. Tenía que romperlo. Espera, ¿a qué momento volvería? ¿A qué año? ¿Cuándo nos vimos por primera vez? ¡Qué mierda! Todas estas preguntas sacudieron mi cabeza en una décima de segundo y me hicieron gritar:

"¡Por favor! ¡Vuelve! ¡Vuelve! ¡Vuelve! ¡Vuelve!"

El caso S

Este rostro me parece familiar. ¿Acaso la habré conocido en una vida pasada?

Mi padre eligió una foto de entre las cinco que le entregó mi abuela tras regresar de la agencia matrimonial de segundas nupcias. A mí me parecía que el rostro que aparecía en esa foto lo había visto en algún lugar antes, hace mucho tiempo, antes de nacer, o quizá en la Era Mesozoica en que los dinosaurios dominaban la tierra con pasos lentos y pesados. ¿Por qué la recordaría si no se trataba de una cara de rasgos especialmente destacados ni tan impresionante como para grabarse en la memoria?

Sus ojos y sus labios eran muy rectos, lo que hacía imposible saber si estaba contenta o enojada. Pero sus facciones no eran ni bonitas ni feas. Ah, sí, quizá por eso me parecía familiar, porque era una cara ordinaria como cualquier otra que te encuentras por aquí en el barrio.

Como si con ese gesto mi padre ya hubiera decidido casarse con esa mujer, mi abuela dijo con un suspiro de alivio:

—Bien pensado. Ya olvídate de la mamá de esta criatura y vuelve a empezar. ¿Qué va a decir la gente si ve a un hombre solo de tu edad malcriando a un chiquillo...? Esta señora... pues... no es que se le haya muerto el marido, sino que se divorció. Pero no te preocupes, no fue por ser mala mujer, sino porque su esposo perdió una barbaridad de dinero al invertir como loco. Será una buena esposa para un hombre sincero que no ande en cosas de juego o de mujeres.

Mi abuela, como si no recordara los detalles sobre la mujer, se colocó las gafas para hojear los documentos mientras decía:

—Tiene una hija pequeña... que es bonita como su madre –dijo, y añadió mirándome de reojo–, a él también lo tratará bien. Es maestra de escuela así que no va a ser de ésas que toman preferencias. Ay, hijo, ya ves cómo están las cosas estos días. Pero si tienes por esposa a una maestra, ni hablar, tendrás la pensión de por vida. ¿Acaso crees que la empresa en la que trabajas te ofrecerá esos lujos? Además cocina bien y sabe cómo administrar un hogar... También dice aquí que al casarse por primera vez tomó clases de cocina para poder ser una buena esposa. Sobre todo, me alivia ver que respeta a sus mayores, pues fíjate que se encargaba de preparar todo para los ritos ancestrales de la familia de su exesposo, incluso después de divorciados. Claro que dice que ya no se encargará de eso cuando vuelva a casarse. Pero ¿para qué te digo más? Primero hay que fijar la fecha de la boda, y ya luego nos encargamos de hacer la visita a su familia y todos esos asuntos engorrosos. La gente dirá que al más calvo le arrastra el pelo si ven que tú, viudo y con un hijo, que trabajas de subgerente en una empresucha, te dignas a rechazar a una maestra de escuela primaria.

Mi padre miró la foto de cuerpo entero, la de perfil, la de cerca, y hojeó los documentos que las acompañaban: el diploma de la universidad, la lista de notas de la facultad, el certificado de trabajo que demostraba en qué escuela laboraba en la actualidad, la relación detallada de sus bienes, bastante limpia sin muchos ingresos ni tampoco egresos, y la declaración de las razones del divorcio escrita a mano. Esa pila de papeles semejaban un pescado abierto mostrando su blanca carne.

Me encontraba sentado al lado de mi padre comiendo un helado cuando me pasó la foto de cuerpo entero.

—Mírala bien, que puede llegar a ser tu madre –dijo como de broma. Y al oírlo mi abuela se irritó.

—Déjalo en paz. ¿Para qué se la muestras, el niño qué va a saber de estas cosas?

—Madre, yo pienso que también tiene derecho a verla. No quiero decir que le doy derecho a elegir o poder de decisión. ¿Pero acaso no puede ni siquiera ver la foto de su futura madre?

Miré de reojo la foto que me entregó. Me percaté de que, tomando en cuenta las ideas de su madre, había elegido a la mujer menos bonita de entre las cinco. Mi abuela había dicho cuando sacó los papeles: "La belleza de una mujer acaba por pagarse cara en casa. Sobra y basta con que esté sana y no sea tan fea como para llamar la atención por la calle".

La inexplicable sensación que tuve al ver la foto por primera vez se incrementaba. Le quité la mirada de encima. Al verme reaccionar así, mi abuela chasqueó la lengua varias veces como si le diera lástima y recogió el resto de los documentos.

—Ya déjate de palabras y elige a ésa. Yo me encargo de avisarle a la agencia, así que aparta este fin de semana. Les voy a hacer una cita en el centro de la ciudad.

—Dejaré libre este fin de semana. Pero no digas que he tomado una decisión, no puedo saber hasta haberla conocido.

—¿Pero qué tiene de malo? Si te traje todos estos papeles para que la conozcas sin tener que verla –se quejó la abuela mientras limpiaba la mesa.

"Hasta luego."

En el rellano de la puerta me despedí de la casa vacía antes de salir. Mi voz retumbó en los pocos muebles que había, los más indispensables. Yo no olvidaba despedirme porque para mí hacerlo era una especie de talismán o plegaria para olvidar que nadie vivía en esa casa, excepto yo.

Estaba por salir con las cosas de mi padre que me había mandado la abuela: su ropa y el dinero que habría de entregarle.

El año pasado mi padre fue detenido por abusar de una menor de edad y todavía le quedaba más de un año para poder regresar a casa. Sucedió en el Día del Niño. Ese día era una de las épocas más importantes para el mercado de productos infantiles junto con la Navidad, el Año Nuevo Lunar y la Celebración Tradicional de la Cosecha. Fue en la feria de juguetes que se celebraba por esos días con gran estruendo en el Centro de Exhibición de Gangnam. Mi padre casi siempre asistía a ese evento y el contacto con los clientes le dio la oportunidad de cometer el crimen.

Debido a sus acciones, a la semana siguiente incluso había tenido que cambiarme a una escuela lejana. Sin embargo, mi abuela había dicho que era mi culpa que mi padre estuviera así.

Al final, seis años atrás, él no se casó con la mujer de la foto. Mi abuela, iracunda, le dijo que no la visitara en las fiestas familiares hasta que se casara.

No había habido motivos para mi negativa. Bueno, sí que los habría, pero yo no los sabía. Un día en que mi padre había citado a la mujer y a su hija, y por fin las tuve de frente, una al lado de la otra, me quedó todo claro. Cuando mi padre me dijo que se iba a casar con ella y que debía estar de acuerdo, yo negué con la cabeza llevado por una fuerza inexplicable.

"No, no me gusta esa mujer."

Al principio, otras palabras estaban a punto de salir de mi garganta. Iba a decirle que no era mi decisión y que hiciera lo que le pareciera mejor. Pero desde un punto más profundo que mi garganta, desde el fondo del corazón, alguien me enviaba una señal de alarma: "¡Cuidado, piénsalo bien!" Sentía que esto no era algo de lo que pudiera hacerme de la vista gorda, y además me inquietaba el *déjà vu* que me causaba su cara tan ordinaria. Era raro. Si la había visto, la habría encontrado al ir y venir del supermercado, pero ¿por qué el recuerdo sería tan claro? Hasta antes de verla con su hija, esa sensación había sido más bien nebulosa, pero al verlas juntas estuve seguro de que las había visto a las dos. Por eso no pude evitar preguntarle:

—¿No nos hemos visto antes?

La mujer movió un poco la cabeza como si no me entendiera.

—Pues, no sé. ¿Acaso me parezco a alguien? Bueno… ¿qué más da si me has visto o no? –me replicó, dibujando una sonrisa mientras inclinaba la cabeza hacia un lado.

Era cierto. En general no importaba mucho el hecho de que nos hubiéramos visto o no. Pero eso sólo no tendría importancia si mi *déjà vu* fuera diáfano y no oliera raro.

Cuando yo, que desde la muerte de mi madre no había declarado abiertamente mis opiniones, le recalqué que a mí no me gustaba esa mujer, mi padre se rio perplejo y me dio un golpe en la espalda.

—Hijo, no puedes entrometerte en las cosas de los mayores. La verdad es que a mí tampoco me apetece casarme de nuevo. Por supuesto, echarás mucho de menos a tu mamá, pero piénsalo bien, ¿cuántas veces te abandonó? ¿Crees que estaba calificada para ser madre? No hay por qué extrañarla. Mejor dedica esa añoranza a una persona que viva a tu lado.

"No, no es eso –pensé–. Por favor, deja de tratarme como a un niño. ¿Crees que lo que digo es porque extraño a mi madre? Es que esa mujer me causa una sensación insólita. No puedo precisarlo, pero cuando veo su foto se me revuelve el estómago sin saber el porqué; me corre un escalofrío por los huesos como una señal de alarma, gritan todas las células de mi cuerpo, se me erizan las dendritas de las neuronas y pareciera que todas estas señales exclamaran: '¡Detenlo!, ¡detenlo!'"

—Aunque no te caiga bien, haz un esfuerzo por conocerla mejor. La voy a invitar a la casa pronto. Entonces ya verás que te vas a acostumbrar a ella.

—No, no quiero. Que no me gusta.

—¿Qué te pasa, hijo? ¿Por qué?

—No sé. Porque no. No te cases con ella.

—¿Quieres que viva solo hasta que me muera? Bueno, tu padre también necesita una mujer, pero tú la necesitas aún más. Sin ella casi siempre tendrás que comer pobres platos de guisado con arroz mal cocido, y ponerte la ropa arrugada y a medio secar. ¿Quieres vivir así? Ya sabes que una empleada doméstica tiene sus límites. ¿Te gusta que no te reciba nadie en casa al regresar del colegio?

—¿Ésas te parecen buenas razones para casarte? ¿De verdad?

—Ay, niño, tienes un hocicote. ¿Dónde has escuchado eso, mocoso? Todo es culpa de la televisión. Habría que tirarla.

La postura conservadora de mi padre acerca del lugar de las mujeres o del papel de las madres, así como varias escenas que tuvieron lugar en aquellos tiempos, me han hecho ahora entender un poco por qué mi madre me abandonó y se abandonó a sí misma, aunque no me lo explicara nadie.

Cuando él hablaba del pasado, sólo ponía énfasis en el hecho de que mi madre me había abandonado en la estación de Cheongnyangni y omitía el hecho de que él no había levantado el reporte de desaparición. Cerraba la boca en cuanto a los otros detalles, pensando que yo no estaba al tanto de nada. Sabía que mamá había cerrado de golpe las ventanas que tenía abiertas en la computadora de mi padre apenas entré yo en el cuarto; que me miró y de repente me abrazó con fuerza, y yo sentí en su pecho un latido anormal; que mamá una vez se peleó con una mujer extraña que apareció acompañada de una niña; que mamá fue arrastrada del pelo por mi padre por todo el suelo del salón. ¿Por qué él ocultaba todo esto como si nunca hubiera pasado desde el principio?

"Que no puedo porque este niño me tiene entre la espada y la pared. ¡Madre! ¡Por favor! Es verdad que no he sido buen padre, pero este niño, que nunca dice si algo le gusta o le disgusta, si ahora protesta tan empecinadamente es porque habrá alguna razón... Bueno, puede que todavía no sea el momento. Está bien. ¿Qué? ¿Que qué le dije yo? Sí, es verdad que ese derecho es de usted y mío, madre. Pero yo tampoco dije que no tomaría en cuenta la opinión del niño... Pues sí, lo dejamos para después. No le vaya a decir nada a mi hijo, ¿está bien? A lo mejor no está listo todavía."

Ésa había sido la única vez que mi padre me había tomado en cuenta. Ése fue el resultado de esa única ocasión. Y aun así no era una situación que me dejara satisfecho. Sentía la triada de malos sentimientos: vergüenza, deshonra e incomodidad.

A veces me imaginaba cómo seríamos si yo no me hubiera plantado frente a mi padre en aquel momento, si no le hubiera impedido casarse por segunda vez, quizá no habría pasado nada. A lo mejor podríamos habernos tomado cariño como en las típicas y mundanas telenovelas familiares dominicales, y mi casa podría ser hoy más parecida a un hogar. Y quizá incluso hasta me burlaría de aquel vago, fantasioso e inexplicable presentimiento de niño que ya habría desaparecido.

Después de aquello, mi abuela había traído tres o cuatro fotos año tras año y curiosamente no volví a sentir ningún impulso o extrañeza al verlas, por eso dejé por completo en manos de mi padre el derecho de elegir. Con frecuencia, él se encontraba con las mujeres de las fotos, pero la relación no prosperaba. Lo que se apoderó del lugar de su esposa fue el trabajo y el estrés en exceso. A raíz de esto hubo varios efectos indeseables como aquel despliegue negativo de su propensión instintiva. Mi abuela me miraba con desprecio, diciendo que por la maldición de mi madre su hijo envejeció solo y al final acabó tras las rejas.

Lo sentía un poco por mi padre, pero no me arrepentía de la decisión que tomé entonces.

Al otro lado de la calle llegó el autobús. La gente se movió hacia adelante a la espera de que llegara hasta aquí tras dar vuelta en *u*.

Cuando el autobús se puso en marcha, saltó a mi vista una panadería que estaba detrás. Frente a ella había una chica de uniforme azul y delantal que barría la calle. Ella levantó la cabeza, miró hacia el lado de la calle donde estaba yo y agitó la mano.

¿Eh? ¿A quién estaba saludando?

Miré a ambos lados, pero nadie le respondía el saludo. Todos asomaban la cara esperando la llegada del autobús.

Cuando miré de nuevo al otro lado, estaba en el mismo lugar apoyada en la escoba y esbozando una sonrisa. Ciertamente nos mirábamos. ¿La conocía? ¿Había comprado alguna vez pan ahí? No, imposible. *Estaba harto del pan.* Prefería el ramen. Pero aunque hubiera comprado pan ahí algunas veces, no habrían sido tantas como para que me reconociera desde el otro lado de la calle.

De nuevo miré a ambos lados... Habrá saludado a un pasajero.

El autobús se paró ante mí tras dar la vuelta bloqueando la vista. Subí, pagué mi pasaje y me puse justo delante de la ventana para ver hacia afuera llevado por una inexplicable sensación como la de aquel entonces. El sentimiento que tuve cuando había mirado de reojo la foto que escogió mi padre había sido negativo, pero éste era de un tipo diferente. Entonces quería alejarme lo más posible como si me encontrara repelido por un imán del mismo polo, pero lo de ahora era el poder de la atracción. Algo cercano a la añoranza.

Afuera todavía estaba la chica. Abrí la ventana y me asomé. Con un resabio de aquella sonrisa, ella se volvió lentamente hacia la tienda. ¿Quién era? ¿Por qué me sonreía?

—Oye, niño, no saques la cabeza que es peligroso –me gritó el chofer.

El autobús se marchó con un estrépito. Metí de nuevo mi cabeza, pero mi mirada todavía se dirigía hacia afuera. La puerta de la tienda se cerró detrás la chica y no se podía ver lo que había tras la vitrina. Una estudiante universitaria que estaba sentada en el asiento al lado de la ventana cerró el vidrio molesta por el viento que la despeinaba.

En ese momento se me escurrió una lágrima incontrolable. ¿Cuál era la razón de esta lágrima? Quizá yo estuviera viviendo sin recordar algo que tuve a mi lado hace mucho tiempo. ¿De qué me habré olvidado? ¿Qué habré perdido? ¿Habré tenido una profunda relación con esa chica en un universo paralelo en el que había elegido no vivir? Y no sólo con ella, sino con todos los elementos y todas las personas que, al no haber elegido, había rechazado.

Al sacudirse el autobús, cayeron al vacío las lágrimas que anegaban mis ojos.

El caso N

—Lleva agua a la mesa dieciocho y tómales la orden. Muévete.

—Ahora mismo.

Apenas escuché la orden del gerente, puse tres vasos de agua en la bandeja redonda de plástico marrón y tomé el menú. Cuando me dirigía a la mesa dieciocho, él me tomó del brazo y me dijo en voz baja:

—Trata de no hablar.

—Sí.

"¿Y cómo les voy a tomar la orden si no puedo hablar?", me quejé para mis adentros y me dirigí rápidamente hacia los clientes.

Cuando hice la entrevista para el trabajo de medio tiempo en este restaurante especializado en pastas, el gerente dejó de interrogarme tras apenas haberme hecho unas preguntas. En vez de eso me dijo que me levantara, que me sentara, que caminara hacia la derecha y hacia la izquierda, y luego que saludara con una inclinación. Después mandó a un empleado para que despachara a los otros entrevistados.

"Si un empleado es muy alto, es natural que su complexión vaya acorde con esa estatura e intimide a los clientes. Por otro lado, está bien que sea guapo, pero queda descartado si parece un *dandy*. Lo importante es que la persona armonice con la decoración del lugar al momento de ir y venir entre las mesas al atenderlas; que no parezca extraño o desentone con el restaurante, y que no incomode a los clientes que están comiendo. En este sentido, es indispensable que tenga un cuerpo lo más adecuado posible y emplee el mínimo de ademanes. Tu único problema es ese balbuceo… pero a ver cómo salen las cosas. Como sea, quedas contratado, pues tienes una fantástica proporción corporal."

Que yo tuviera el cuerpo bien proporcionado era una apreciación inesperada. En los años en los que debí alimentarme bien casi sólo comí pan, así que resultaba curioso que ahora tuviera una estatura regular. Quizá de verdad esos panes contenían los particulares ingredientes misteriosos del dueño de la Panadería Encantada. A lo mejor sus particularidades y misterio habían penetrado en mi carne sin darme cuenta y me hicieron crecer.

Por otro lado, el titubeo que el gerente había puesto en cuestión había ido cediendo poco a poco a lo largo de tres años, a partir de aquel día.

Tras lo sucedido, la maestra Be se abalanzó sobre mí y, cuando me disponía a recoger del suelo aquello que me iba a hacer regresar a un tiempo que yo mismo desconocía, ella chocó contra mí y me hizo tirarlo. En plena trifulca, se escuchó un crujido bajo sus pies. Al instante logré sujetarla por las muñecas y forzarla a soltar la navaja de cejas y, al final, agotada por su violento ataque de ira, se desplomó sin energía y lloró a gritos.

Lo que pasó a partir de ese día transcurrió aleatoria y tempestuosamente como una película sin editar: la comisaría, la emisora de televisión, las oficinas del periódico, el despido de mi padre, la sentencia de dos años de cárcel y tres de libertad condicional, la figura de la maestra Be al salir de casa con Muji tomada de una mano y en la otra una maleta Samsonite, aquellos días del cambio de estación, y todos los muebles marcados con la señal de embargo en la casa vacía. La casa entera fue embargada para pagar la compensación por el divorcio y los honorarios del abogado. Tuvimos que dejar el departamento y alquilamos un lugar en la planta baja de una vivienda plurifamiliar en uno de los

barrios periféricos apartado de las zonas de moderniza-
ción urbana.

El último día en esa casa abrí aquella caja de papel
tan pequeña como una libreta. Sobre el papel encerado
dentro de la caja estaban los pedazos de la galleta de
merengue que había pisado la maestra. Estaba incompleta, pues no pude juntar todas las migas que se dis-
persaron al romperse. De la galleta rota salió el papel
de chocolate que tenía vacíos los espacios del día y la
hora. De verdad el dueño me había dado la oportunidad, aunque no pude aprovecharla por un infortunio.

El papel comestible no se disolvía si no entraba en
contacto con agua o saliva, así que simplemente envol-
ví los restos tal y como estaban, y los metí en una caja.
Ya que se trataba de un regalo sincero del dueño, podría
comerla aunque estuviera hecha boronas. Pero preferí
no hacerlo porque la maestra Be la había pisoteado. Por
eso lo guardé bien envuelto, como para conmemorar
el hecho de que él me había dado el poder más grande
y más difícil de emplear entre los que él tenía.

Sin embargo, cuando abrí la caja de nuevo vi que el
papel de chocolate se había derretido y mezclado con
las boronas de forma desagradable. Antes de cerrar la
caja había cubierto el interior con plástico, además de
colocar papel encerado sobre el que puse las migas y el
chocolate. Pero como había estado lloviendo por muchos días y la humedad del ambiente no cedía, ésta empezó a penetrar en el cartón hasta condensarse sobre

el plástico transparente que estaba dentro, todo lo cual acabó por derretir el chocolate.

Ya era hora de despedirme. Por fin me había decidido a quemarla junto con aquello: el muñeco vudú que había guardado en el refrigerador hasta ayer.

Después de que se le bajó un poco la ira y la desesperación, la maestra Be empleó las fuerzas que le quedaban para comenzar a prepararse y lograr poner a mi padre tras las rejas. Fue entonces que yo le ofrecí la bolsa de papel sin decir nada. Al ver fugazmente el contenido, me la devolvió con un rostro lleno de desprecio que parecía decir que ya no la necesitaba. No quiso saber por qué la traía yo ni qué relación tenía con la tienda en línea de la Panadería Encantada.

Incluso después de que ella se marchara con su hija, yo tampoco pude tirarla a la basura porque el muñeco era tan parecido a mí que me daba mala espina y me causaba escalofríos. No sabía qué hacer con él, así que lo guardé en el refrigerador. Por más que la maestra lo hubiera encargado pensando en mí, yo lo habría pisado sin vacilar si hubiera sido una tosca reproducción de mi persona. Pero no podía sólo hacer eso, ya que el parecido era escalofriante e, incluso, artístico; a pesar de esto, tampoco quería llevarlo a la nueva casa a la que me mudaría. Estaba considerando qué hacer con el muñeco cuando vi la galleta destruida. Y en ese momento por fin tuve la sensación de que se desvanecía toda la magia que me había sido lanzada o que me

222

acompañaba. Aunque en realidad ya habría desaparecido desde que se despedazó el rebobinador del tiempo o, mejor dicho, desde que ellos partieron.

Dos días después de que la situación culminara de la peor manera, me dirigí a la Panadería Encantada. ¡Qué rápido se habían ido! La tienda estaba vacía, la puerta de cristal estaba abierta mostrando el interior desierto y ya habían quitado el letrero. Un papel tamaño carta pegado en el escaparate decía que estaban remodelando el interior del lugar. Dos obreros demolían la pared, y quitaban las lozas del suelo dentro y fuera de la tienda.

Como resultado de todo aquello no me quedaba más que el recuerdo y dos cosas que me había dado el dueño: la galleta de merengue, que ya no pasaba de ser un montón de inútiles migas, y el muñeco vudú parecido a mí.

Pero, después de haber estado tanto tiempo en el refrigerador, al muñeco se le había formado una grieta en el cuerpo y, como la nevera estaba vacía y desenchufada para la mudanza, el pan se había descongelado de súbito, lo que causó que se rajaran los sitios donde tenía las pequeñas incisiones del cuchillo. Acerqué mi ojo a la grieta. Había algo raro. Al principio había pensado que estaba demasiado ligero para estar relleno de dulce. Preso de un cierto impulso, de pronto clavé un cúter en medio del pecho de ese muñeco que tenía mi rostro. El mazapán se partió con un crujido.

Al ver el contenido se me anegaron los ojos de lágrimas.

Ese día le prendí fuego a un fajo de papeles en el baño. Encima eché la galleta con el chocolate derretido y cada una de las migas, y el muñeco vudú que había estado vacío desde el principio. Dejé caer esa cáscara que no contenía ni gelatina ni chocolate, ni ninguna de esas cosas que simbolizarían mis órganos.

En cuanto a lo de mi padre, todo lo que se dijo en los medios respecto a las relaciones familiares que me unían a él fue que se trataba del señor *A* y de *B*, pero todos los del colegio ya sabían que ese *B* en cuestión era yo. El rumor fue distorsionándose, segmentándose y reinventándose hasta que quedé convertido en un vil criminal que había violado a *M* en complicidad con el señor *A*. Mi cuerpo se transformó en un cuenco dentro del cual crecían infinidad de calumnias e infamias, y los puntos donde éstas se enraizaban terminaron pronto cubiertos por cicatrices.

El colegio reconoció que, de acuerdo con las investigaciones policiales, yo no estaba implicado, pero, como les era fastidioso lidiar con un alumno en torno al cual había tantos rumores, me recomendaron que me fuera. De todas formas yo tenía que vaciar la casa y mudarme, así que no tuve problemas en aceptar la recomendación de forma expedita y limpia.

Tras cambiar de escuela, las palabras me empezaron a salir como si se hubiera levantado el hechizo que me ataba hasta entonces. Sucedió tan lentamente que casi no se notaba, pero me di cuenta de que año tras año las sílabas se tornaban palabras y éstas, frases.

Pasaron tres años.

El tiempo que no había podido rebobinar en aquel instante se desenrolló por sí mismo como una madeja que se me hubiera caído de las manos.

Ese tiempo había podido soportarlo todo. Y en adelante también podría hacerlo. Sabía que el desafortunado accidente que me había impedido usar el rebobinador del tiempo me transformó en quien soy ahora. A pesar de que mi vida fuera como un chicle masticado y botado, tenía que soportarla y extraerle el jugo que le quedara dentro por muy poco que fuera.

Al servirles los platos de pasta que habían ordenado, una de las tres mujeres me tendió su tarjeta de presentación. Las otras dos se veían de reojo riéndose como si no supieran qué hacer. Yo no entendía qué causaba esta situación, así que me quedé mirándolas. Entonces la chica que me dio la tarjeta me recriminó:

—¿Por qué no la recibe?

—Pues… ¿qué… es… esto?

—¿No ve que es mi tarjeta?

—¿Y por qué… me la da?

—¿Estás en la universidad?

De repente me tuteó; pero eso no me sorprendió tanto, ya que muchos clientes armaban líos quejándose por la cuenta, el servicio o las especias en la comida.

—No.

—¡Vaya! ¿O sea que estudias el bachillerato?

—Ya lo ter…miné.

—Entonces no sería delito, ¿no? –dijo volteando a ver a sus compañeras– ¿Por qué no me das tu número? No lo tomes tan en serio. Podemos salir sólo para divertirnos.

Yo no entendía.

—¿Mi número? ¿Para qué?

—¡Qué chico más difícil! Te doy mi tarjeta porque quiero dejar claro que no soy una cazadora de hombres, sino una simple oficinista.

Había escuchado hablar de una moda entre las mujeres treintañeras ya casadas que tienen fuera de casa un hombre al que crían como una mascota, pero no sabía que lo vería con mis propios ojos. Con una sonrisa profesional incliné la cabeza disculpándome.

—Perdone. Los empleados… tienen prohibido ver… a los clientes fuera… del restaurante.

—Ah, ¡qué soso eres! Olvídate de eso.

Como si le diera vergüenza meter de nuevo en la cartera la tarjeta rechazada, la rompió por la mitad y la tiró en el cenicero. Yo lo tomé para vaciar el contenido dentro de la bandeja.

—Provecho –dije mientras me inclinaba de nuevo hacia ellas.

Al dirigirme a la caja, la mujer me llamó otra vez.

—Oye, tú.

—Sí, dígame.

Ella me lanzó algo pequeño en un envoltorio. Yo, que llevaba la bandeja sostenida con un brazo, lo atrapé con la otra mano.

—Te lo doy porque eres bonito, de todos modos.

—Ah, bueno. Gracias.

Sin saber de qué se trataba lo metí en el bolsillo del delantal. No fue sino hasta una hora más tarde que en la sala multiusos pude ver de qué se trataba. Era a la hora en que terminaba el almuerzo y los clientes abandonaban el restaurante.

¿Un bizcocho? ¿De qué me sirve si *estoy harto del pan*?

Tenía la forma y el tamaño de los productos que distribuían como propaganda afuera de las estaciones del metro. Me lo habría dado porque no quería comerlo ni tirarlo. Deseando no tener la mala suerte de encontrarme con más clientes así hoy, sin pensar le di la vuelta al envoltorio y vi el reverso.

Ahí estaba en cursivas el nombre que no había podido olvidar ni en sueños: *Panadería Encantada*.

Mi corazón se puso a latir como la agalla de un salmón meciéndose en la corriente.

Al principio traté de calmarme pensando que podía haber más tiendas con el mismo nombre. Probé un pequeño trozo del contenido. El sabor que se extendía en mi boca me lo confirmaba. En aquella época había comido todos los días pan de esa tienda, y por eso me di cuenta de que éste tenía el mismo sabor.

Además, lo más importante era que, aunque durante mi estancia en la panadería sólo lo describí una vez, pude sentir el sabor del bizcocho que había comido en la estación de Cheongnyangni aquel día. Ese sabor tan personal que busqué tanto sin poder encontrarlo. Ese sabor que me puso en la punta de la lengua un sufrimiento cercano al júbilo.

¿Qué es la magia sino esto mismo?

Saliendo de la sala multiusos, me golpeé el muslo con un fregadero bajo, volqué unos platos provocando un escándalo y tiré el perchero botando al suelo la ropa de los otros empleados. De todos modos, salí tratando de calmar el dolor que se extendía en mi pierna sobándome con una mano. Miré alrededor en busca de las clientas de la mesa dieciocho. Acababan de terminar el almuerzo, habían pagado y se disponían a salir del restaurante.

—Disculpen, un momento, por favor.

—¿Ah? ¿Por qué? ¿Acaso has cambiado de opinión? –me preguntó mirándome.

—Pues, perdone... ¿Dónde ha com...prado el pan...que que me dio?

—¿Eh?

A propósito pregunté dónde lo había *comprado* para que no tuviera vergüenza, pero de todos modos se quedaron perplejas.

—Perdón, pero no lo compré. Nos lo repartieron los de la panadería que abrieron enfrente de la estación.

—Gracias. Adiós.

Cuando me incliné en una reverencia de noventa grados, escuché sobre mi cabeza la fría risa de las chicas desilusionadas. "¿Qué le pasa a este tipo? Parece tonto." El gerente se me acercó y me dio un golpe en la cabeza con el menú.

—¿No te dije que te quedaras callado en la medida de lo posible? ¿Qué es lo que quieres?

—Perdone, pero es que... –dije quitándome el delantal y colgándolo de la silla que estaba detrás– me tengo que ir.

—¿Qué? ¿Estás enfermo?

Me colgaba descuidadamente del hombro mi mochila tipo cartero y estaba por salir del restaurante, cuando él me llamó.

—¡Oye!

Me volteé. Él me miró y luego echó un vistazo al restaurante –como si por dentro estuviera considerando la proporción y la armonía que guardaba mi persona con la decoración–, y después me dijo suspirando:

—No sé qué te está pasando. Pero te doy una hora. Si no vuelves entonces, te despido.

—Sí, señor.

Bajé corriendo por la escalera. Y ahora sigo corriendo. Corro hacia la estación que queda seiscientos metros más allá. Pienso en lo que dirán al verme esos dos que no envejecen por más que pase el tiempo.

Me habla la voz de la razón en mi cabeza: "Es mejor que dejes que el recuerdo se quede reseco dentro de la caja; esa caja con moho, polvo y humedad que debes botar sin abrir. La fantasía tiene valor sólo cuando se queda en fantasía. Volver a donde un día hallaste amparo para tu herida no te ayudará a salir adelante. No puedes convertirte en un adulto si todavía crees en la magia de la niñez".

Pero yo corro más rápido ignorando esa voz. ¿Es sólo un recuerdo? ¿Es sólo fantasía? Todo aquello fue y sigue siendo constantemente mi realidad y mi presente. La magia también ha sido siempre una cuestión de decisión, no una distracción nacida en los sueños.

A lo lejos se ve el letrero de la Panadería Encantada. Me brota la risa por el parecido con aquel día en que corría de esta misma forma. Pero en aquel entonces llegué ahí huyendo de la dura realidad que me apresaba.

Ahora corro hacia mi pasado, mi presente y hacia el futuro que viene.

La Panadería ENCANTADA
terminó de imprimirse en 2015
en Criba Taller Editorial, S. A. de C. V.
Calle 2 número 251, colonia Agrícola Pantitlán,
delegación Iztacalco, 08100, México, D.F.
Para su formación se utilizó la fuente Dante
diseñada por Ron Carpenter en 1993.